AF272623

Arthur

-Wie ich im Alter auf den Hund gekommen bin-

Sven Falck

Bibliografische Information der Deutschen Nationalbibliothek: Die Deutsche Nationalbibliothek verzeichnet diese Publikation in der Deutschen Nationalbibliografie; detaillierte bibliografische Daten sind im Internet über dnb.dnb.de abrufbar.

Die automatisierte Analyse s des Werkes, um daraus Informationen insbesondere über Muster, Trends und Korrelation gemäß §44b UrhG („Text und Data Mining") zu gewinnen, ist untersagt.

ISBN: 978-3-8192-9815-8
© 2025 Sven Falck

Verlag: BoD · Books on Demand GmbH, Überseering 33, 22297 Hamburg, bod@bod.de
Druck: Libri Plureos GmbH, Friedensallee 273, 22763 Hamburg

Alle Rechte vorbehalten. Das Werk darf, auch teilweise, nur mit Genehmigung des Autors wiedergegeben werden.

Eine kleine Sache vorweg….

… ich bin kein Hundeexperte, Experte für sonstige Tiere oder bilde mir auch nur ein, dies in irgendeiner Art und Weise zu sein und mich hier mit ach so großartigen Ratschlägen über andere Hunde- und Tierbesitzer zu erheben. Ich bin lediglich Arthurs Herrchen und darf an seinem Leben teilhaben, sowie er an meinem Leben teilnimmt.

Wir sind also Hund und Herrchen, Freunde, Kumpels und der eine bestimmt das Leben des anderen in nicht unerheblichem Maße mit. Das ist meistens richtig toll, oftmals herausfordernd und manchmal auch nervig, so wie das Leben selbst, aber eines ist es nie…langweilig.

Ich möchte hier nur ein Teil unserer gemeinsamen Zeit wiedergeben. Vielleicht findet sich ja das ein oder andere Herrchen oder Frauchen in meinen kleinen Erzählungen wieder.

Viel Spaß beim Gassigehen mit Arthur!

Über mich

Was gibt es da zu sagen?

Ich bin 55 Jahr alt, lebe in einer kleinen Stadt in Hessen, führe eine glückliche und liebevolle Beziehung, habe eine tolle Patchworkfamilie mit viel Freude und manchmal auch mit Stress, habe einen normalen Job und natürlich Arthur.

Ich bin ein Papa, ein Freund, ein Fanboy, ein Kind der Popkultur, ein Filmfan, ein Achterbahnfahrer, ein Sammler, ein Exmann, ein Gamer, bin manchmal kreativ, manchmal eingefahren, ich mag Reisen, ich bin gern zu Hause, bin ein Erwachsener, bin ein Kind, je nachdem wen man gerade fragt, bin Arthurs Herrchen und jetzt auch noch irgendwie jemand, der ein kleines Buch geschrieben hat.

Danke

An dieser Stelle möchte ich mich einfach mal bei „meiner" Tina bedanken. Sie hat mich von der ersten Idee im Urlaub am Meer bis zur Fertigstellung und letztendlich zur Veröffentlichung begleitet. Mir immer wieder Mut gemacht, wenn ich an der Idee des Buches gezweifelt habe. Letztendlich hat sie viele im Buch beschriebene Situationen miterlebt. Denn so wie Arthur ein Teil meines Lebens ist, ist er natürlich auch ein Teil ihres Lebens.

Hallo Tina,
ich sag hier nur 3000, I know und wünsche mir noch viele gemeinsame Jahre mit Dir!

Bedanken möchte ich mich an dieser Stelle auch bei Lara, Nicole und Stefan. Hier findet Arthur immer ein „zweites zu Hause", sollte es mal nötig sein.

Inhaltsverzeichnis

Der Weg

Die Zeit

Die Suche

Der Anfang oder Pippi machen für Anfänger

Regeln und Grenzen

Lernen, was ein Hund wissen muss

Erweiterung des Königreiches

Ein „Halber Mann" oder auch ein „König" muss
mal zu Doc

Helfer und Freund

Autofahren für alle

Das große Zittern

Urlaub ohne Arthur

Entscheidung für ein tierische Familienmitglied

Spielzeug

Abstammung ohne Stammbaum

Allein zu Hause

Couch und Kuscheldecke

Der Teppich

Zauberei und Hypnose

Leckerlis

Die Figur

Hund und Herrchen

2 %

Herzensbrecher

Einkaufen

Der Anhänger

Der Herr der Halsbänder

Schönwetterhund

Träume

Bein, Fahrten und Familie

Tierpark und eifersüchtige Blicke

Das Alter und ein neuer Anhänger

Zeit ist allgegenwärtig

Hund und Herz

Der Weg

Im Nachhinein betrachtet begann unsere gemeinsame Geschichte schon lange bevor der kleine Hund in mein Leben getreten ist. Man könnte sagen, irgendwie bereits in meiner Kindheit. Als Haustier kam zu dieser Zeit eigentlich nicht viel in Frage. Gewohnt haben wir zur Miete und in dieser Zeit war an einen Hund nicht zu denken.

Als Kind kommt jedoch irgendwann unweigerlich der Wunsch nach einem Haustier. Also gab es irgendwann, den zu dieser Zeit obligatorischen Goldfisch. Von der Urzeitkrebsen aus den damals sehr populären Comicheften wollen wir hier gar nicht erst sprechen.

Was soll man mit einem Goldfisch machen oder ihm auch sagen? Sprechen kann man viel mit ihm, nur mit der Antwort, ja ist klar, Tiere können nicht sprechen, aber auch eine Antwort im Sinne einer Reaktion blieb da doch meistens aus. Man brauchte schon eine Menge Einbildungskraft, um eine augenscheinliche Reaktion in das runde Wasserglas hineinzuinterpretieren.

Als Kind gab man sich zumindest anfänglich doch alle Mühe, den neuen Spielkameraden in das tägliche Leben mit einzubeziehen. Er wurde auf den Spielteppich gestellt, man hatte dann zwar nicht gerade den weltbesten Spielgefährten, aber doch immerhin ein wenig Interaktion mit dem eigenen Spiel. Eine echte Beziehung zwischen zwei Kumpels ist hier jedoch nicht wirklich entstanden. Als Kind hat man dies oft anders gedeutet, so gesehen ist hier sicherlich der Wunsch der Vater des Gedankens gewesen.

Der Goldfisch kam und der Goldfisch ging. Nach einer kurzen, aber für mich damals heftigen Zeit von kindlicher Trauer ging das Leben weiter.

An dieser Stelle kam dann meine Oma von mütterlicher Seite ins Spiel. Oma hatte einen Wellensittich! An seinen Namen kann ich mich nicht mehr richtig erinnern. Bubi könnte es glaub ich gewesen sein, aber dafür ist seine Farbgebung wie in meinen Kopf eingebrannt. Er war grün, ein leuchtendes Grün mit einem gelben Köpfchen. Im Gegensatz zu meinem Goldfisch war hier auch eine gegenseitige Kommunikation in Form von Lauten möglich.

Für mich als Kind in diesem Moment eine neue Erfahrung. Man stand vor dem klassischen Vogelkäfig und es fand eine, wie auch immer man das sonst beschreiben soll, eigenwillige Art der Kontaktaufnahme statt.

Da es ja nun nicht möglich war, 24 Stunden am Tag bei seiner Oma in der Küche zu stehen, auch wenn der Weg dorthin nicht weit war, blieb nur eine wirkliche Option.

Es ging geradewegs ab zu den Eltern und man begann, die Vorzüge eines solchen Wellensittichs zu preisen. Mit kindlichen Argumenten ging es hier ans Werk. „Dann bin ich nicht allein in meinem Zimmer", „Ich kümmere mich um ihn und Ihr habt damit echt keine Arbeit", „Alle haben ein Haustier, nur ich nicht" und dann natürlich der bis heute beliebte Klassiker „Ich frag auch nie wieder nach irgendwas…versprochen".

Ein Versprechen, welches natürlich aus heutiger Sicht eine glatte und absolut vorhersehbare Notlüge war. Ich denke, alle Beteiligten waren sich darüber im Klaren, sobald die Worte ausgesprochen waren.

Mehrere Tage wurde von meiner Seite knallharte Überzeugungsarbeit geleistet und es wurden unwiderlegbare kindliche Fakten vorgetragen, welche es meinen Eltern schließlich unmöglich machte, diese auf lange Sicht zu ignorieren.

Also ging es los. Ein Käfig mit dazugehöriger Ausstattung wurde ausgesucht und dann war es soweit. Die Qual der Wahl. Der Wellensittich von meiner Oma war farblich schon toll, kam aber für mich so nicht in Frage.

Ein Blick in unser damaliges Tiergeschäft reichte aus und da war er! Ein helles, leuchtendes Blau mit einem ins Weiß laufenden Köpfchen. Ich sah ihn, er sah mich und es war passiert. Nun ja, ganz so ist es sicherlich nicht abgelaufen. Für mich war aber sofort klar…das war mein Peterchen.

Doch auch die Zeit mit meinem geflügelten Freund ging irgendwann zu Ende und als Peterchen schließlich von uns ging, war die Trauer um einiges größer als bei meinem vorherigen Goldfisch.

Die Interessen änderten sich, man wurde älter und ein Haustier trat zumindest für mich erst einmal in den Hintergrund.

Freunde, Vereine, das Bonanza-Fahrrad, gefolgt von einem Rennrad und schließlich in der ersten motorisierten Variante in Form eines Mofas.

Der Bewegungsradius vergrößerte sich und die Interessen veränderten sich erneut.

An dieser Stelle könnte ich sicherlich noch viel über mein Leben und meine Entwicklung schreiben, aber schließlich geht es hier ja um Arthur und deshalb möchte ich Euch auf einen ersten Zeitsprung mitnehmen.

Das Erwachsenenleben hatte einem immer mehr im Griff. Man lernte irgendwann die richtige Frau kennen, es wurde geheiratet und eine Familie gegründet.

Ehemann und Vater, auch hier lagen die Gedanken an ein Haustier für mich und die Familie zunächst in weiter Ferne.

Bis zum diesem einen, schicksalhaften Urlaub in der Lüneburger Heide. Ein Hof mit Pferden und täglichem Reiten für die Kinder. Nicht was Ihr jetzt vielleicht denkt! Ein Pferd kam nun wirklich nicht in Frage. Zum Glück gab es auf dort noch andere Tiere. Am meisten hatten es unserem Sohn die freilaufenden Hasen angetan, die bis zu uns auf die Terrasse

kamen und so den Eindruck eines echt coolen Spielgefährten erweckten.

Am Ende des Urlaubs wollte mein Sohn, wie sollte es
anders sein, die Hasen mitnehmen. Dies konnten wir
ihm nur mit vereinten Kräften und viel Überzeu-
gungskraft ausreden. Beim Antritt der Heimreise
wurde unser Auto dann aber sicherheitshalber noch-
mals ordentlich auf eventuelle „Blinde Passagiere"
durchsucht.

Zu diesem Zeitpunkt wurde bei meinem Sohn der Gedanke an ein eigenes Haustier geboren. Wie das mit
Gedanken nun mal so ist, man bekommt sie sehr oft
nur schwer wieder aus dem Kopf.

Es wurden Argumente vorgebracht, die mir nachträg-
lich nur allzu vertraut waren. Mein Peterchen kam
mir wieder in den Sinn. Es kam, wie es kommen
musste. Wir als Eltern gaben nach und der Kauf eines
Häschens war beschlossene Sache.

Vor dem Kauf waren aber noch einige andere An-
schaffungen nötig.

Als Erwachsener war eins natürlich wichtig: Wissen
über die Haltung von Zwerghasen.

Also wurde als erstes ein Buch über die Haltung von Zwergkaninchen gekauft. Tja, was soll ich sagen……gekauft, gelesen und festgestellt, dass die Anwendung der Tipps und Erklärungen im Buch gleichbedeutend mit einer Ganztagsbeschäftigung waren.

Als nächstes ein Stall, ein Freilaufgehege, Windschutz für junge Häschen, Hasentoilette und so einiges mehr. Dann ging es in die örtliche Tierhandlung und schnell war ein Häschen gefunden. Nach einem Gespräch mit der Verkäuferin stand aber nun plötzlich ein neues Problem im Raum……Einsamkeit. Wieder einmal kam es, wie es kommen musste. Aus einem Häschen wurden zwei. Aber seien wir ehrlich……wo eines satt wird, werden auch zwei satt und Platz ist in der kleinsten Hütte.

Als Fans einer sehr populären Science Fiction Filmreihe war die Namensfindung für uns natürlich keine Frage: Luke & Leia sollten sie heißen.

Die Zeit mit den Häschen war schon echt schön und auch für mich eine neue Erfahrung. Je mehr wir uns mit ihnen beschäftigten, umso zutraulicher wurden sie.

Die meiste Arbeit, wie war es anders zu erwarten, blieb an mir hängen. Egal ob füttern, Stall säubern oder die Betreuung nach einer Operation zur Zahnverkürzung. Ja, sowas gibt's tatsächlich auch bei Häschen!

Es wurde aber nie wirklich zu viel und die zwei Hoppler haben uns viel Freude bereitet. Durch familiäre Umstände wurde es aber immer schwieriger, sich zeitlich um die zwei Häschen zu kümmern und so musste eines Tages eine nicht unbedingt leichte Entscheidung getroffen werden. Wie es der Zufall so wollte, suchte ein Kollege für seine Kinder gerade zwei Häschen und so kamen Luke & Leia in ein schönes und freundliches neues Zuhause. Noch lange Zeit nach ihrem Umzug habe ich mich nach ihnen erkundigt und regelmäßig positive Rückmeldungen erhalten. Ich denke, dass die beiden noch ein schönes Leben bei ihrer neuen Familie erwarten durften.

Damit war das Thema Haustiere erst einmal erledigt und das Leben ohne einen erneuten tierischen Begleiter nahm seinen Lauf.

Aber wie sagt man so schön: „Leben ist das, was passiert, während man Pläne macht."

Eine neue Frau trat in mein Leben und nach einigen doch eher kurzlebigen Beziehungen bahnte sich hier etwas an, was ich am Anfang nicht wirklich kommen sah oder sehen wollte.

Man lernte sich kennen, obwohl man sich eigentlich schon ewig aus dem Stadtbild kannte. Ging zusammen aus, ging wieder zusammen aus, ging weiter zusammen aus, lernte sich besser kennen und erst nach einer gefühlten Ewigkeit kam der Schritt in eine wirkliche Beziehung und damit gemeinsame Zukunft.

Warum ich das an dieser Stelle erwähne? Ganz einfach, Tina hatte nicht nur zwei Kinder, sondern auch einen Hund!

Damit sind wir wieder beim Thema. Ich würde jetzt gerne sagen, Balu und ich waren sofort die dicksten Freunde, aber das wäre eine glatte Lüge. Nein, wir hatten da so unsere Anlaufschwierigkeiten.

Das Territorium und das Frauchen wurden hier laut und mit Bestimmtheit verteidigt. Was mich oft zu dem Gedanken brachte, Kinder und Patchwork Familie ok, aber der Hund!?

Trotz der nicht gerade innigen Beziehung zwischen Balu und mir festigte sich die Beziehung zu Tina immer mehr und es wurde bald eine gemeinsame Wohnung gesucht und letztendlich auch gefunden.

Was soll ich sagen? Plötzlich waren die zwei „alten Männer" im Haus die besten Freunde. Balu und ich - das typische Buddymovie.

Die Zeit verging und Balu und ich waren, wie bereits erwähnt, die „Alten Männer" im Haushalt und die mussten schließlich zusammenhalten. An so manches konnte ich mich hier jedoch nur schwer gewöhnen, aber der kleine Jacky ist mir doch im Laufe der Zeit immer mehr ans Herz gewachsen.

Aber die Jahre zollten auch von Balu ihren Tribut und nach zwölfeinhalb Lebensjahren war es dann leider so weit. Mein Buddy wurde krank und egal, was wir zusammen mit dem Tierarzt versucht haben, es hat nichts geholfen.

Wir haben gebangt, gelitten, geweint und mussten dann eine schwere Entscheidung treffen. Ich hätte es nie für möglich gehalten, dass ich deshalb emotional so betroffen sein könnte. Balu war ja „nur" ein Hund.

Nur ein Hund?!?

Meine Meinung zu diesem Thema hat sich in dieser Zeit stark verändert. Ein Hund ist eben kein Goldfisch und auch kein Wellensittich. Ein Hund ist ein Familienmitglied!

Die Entscheidung zu treffen, ihn gehen zu lassen und zu sehen, wie seine Augen den Glanz verloren, hat mich eine lange Zeit beschäftigt und echt fertig gemacht. Ob Ihr es glaubt oder nicht, es hat mich richtiggehend aus der Bahn geworfen. Wir haben die Entscheidung getroffen, wann er stirbt und nicht er selbst. Das hat mich mehr belastet, als ich mir jemals hätte vorstellen können.

An dieser Stelle noch ein kleiner Rat, nein, eine Bitte von mir.

Lasst euren Hund niemals allein diesen Weg gehen, auch wenn es noch so schmerzhaft für euch ist. Bleibt bei ihm und gebt ihm das Gefühl, dass ihr bis zum Ende für ihn da seid. Das gilt natürlich auch für alle anderen Haustiere.

Nach dieser Erfahrung war für Tina und mich eine Sache klar: Die nächsten mindestens fünf Jahre gibt es keinen neuen Hund. Diese Aussage schien wie in Stein gehauen und war unumstößlich.

Balu

Die Zeit

Mit der Zeit ist das bekanntlich so eine Sache. Hat man Spaß, vergeht sie wie im Flug. Ist es langweilig, kriecht sie nur so dahin.

Hatte ich schon erwähnt, dass es die nächsten fünf Jahre keinen neuen Hund geben sollte?

Nun ja, fünf Jahre können sehr schnell vergehen oder sich fast endlos in die Länge ziehen.

In unserem besagten Fall dauerten die fünf Jahre nur knapp viereinhalb Monate. Das ist sicherlich schon rekordverdächtig….oder?

Die Suche

Auch wenn wir dachten und wussten, dass es nie einen zweiten Balu geben wird, entschlossen wir uns, nach den genannten „fünf Jahren" auf die Suche nach einem neuen Familienmitglied zu gehen. Das sollte sich jedoch als nicht ganz einfach erweisen.

Für mich war klar, ein Welpe musste es sein. Das war für Tina gar nicht so klar. Sie wollte lieber einem Hund aus einem Tierheim ein zweites Zuhause geben. Aber in diesem Fall war es ja nun wirklich nicht schwer, eine schnelle und für beide Seiten zufriedenstellende Lösung zu finden.

Ein Welpe aus dem Tierheim!

Die Rasse spielte dabei keine zu große Rolle, nur zu groß sollte er nicht sein. Also fingen wir an, die Webseiten der umliegenden Tierheime zu besuchen. Zu diesem Zeitpunkt war es nicht möglich im Tierheim einen Welpen zu finden, auch wenn wir uns noch nicht für ein bestimmte Rasse entschieden hatten. Der Suchradius wurde von Tag zu Tag und von Woche zu Woche größer. Nach einiger Zeit wurde uns dann klar, mit dem Welpen aus dem Tierheim wird es nichts werden. Also wurden Webseiten von Züchtern und Privatleuten besucht, welche uns seriös erschienen. Hier konnte man die verschiedensten Rassen und Mischungen finden. Auch den Preisklassen waren hier so gut wie keine Grenzen gesetzt. Auf dem Laptop hatte man das Hundchen schnell gefunden, aber die Entfernungen zur Abholung verschlugen uns da schon manchmal den Atem. Eigentlich ist die Entfernung ja heute kein großes Problem mehr, aber mal eben 900 Km fahren, ohne zu wissen, ob man den Hund bekommt oder ob er dann in der Liveversion auch wirklich den eigenen Vorstellungen entspricht, ist ja dann doch nicht ganz ohne. Auch die große Auswahl an den verschiedensten Rassen und Mischlingskombinationen hat uns hier regelrecht erschlagen. Also einigten wir uns auf niedlich und hübsch.

Irgendwann sind wir dann aber wohl auf der richtigen Seite gelandet. Da waren sie, ein ganzer Wurf kleiner Mischlinge. Einer hübscher als der andere! Wir waren uns dann auch schnell einig. Einer dieser kleinen Racker sollte es sein.

Zum Thema Entfernung sag ich dann mal an dieser Stelle nichts mehr, nur so viel: Der Ort war nicht unbedingt um die Ecke.

Jeder von uns hatte hier schnell seinen ganz persönlichen Favoriten gefunden und als der Gentleman, der ich nun mal bin, einigten wir uns hier auf die erste Wahl von Tina.

Der kleine Mischling mit der Kennzeichnung: Blaues Halsband. Meine persönliche erste Wahl hatte seines Zeichens ein schwarzes Halsband, aber das sei hier nur am Rande erwähnt.

Auch nach einigen weiterführenden Recherchen landeten wir immer wieder auf der besagten Homepage.

Also stand es fest, „blaues Halsband" sollte es sein. Es wurde telefonisch ein Termin vereinbart, um sich die kleine Fellnase vor Ort ganz live und Farbe anzuschauen. Hier haben wir dann auch erfahren, dass auf dem Hof insgesamt drei Würfe an Welpen zum Kauf angeboten wurden: Jack Russel Terrier, Retromöpse und unsere Favoriten die gemixte Rasselbande.

Zum Glück war uns noch eingefallen, dass wir gar keine Tiertransportbox für so ein kleines Hundebaby hatten.

Beim Kauf der Box gab Tina zu bedenken, dass wir diese hoffentlich nicht umsonst kaufen würden, falls dort doch kein passender Welpe auf uns wartet. Na ja, ich habe es damals gesagt und ich sage es heute! Bei drei Würfen und somit ca. 18 Hundewelpen war ich absolut überzeugt, dass wir nicht ohne einen der Racker nach Hause fahren würden.

Eine wichtige Entscheidung war noch zu treffen: Wie sollte das neue Familienmitglied heißen? Jetzt wurde es schwierig, denn bei der Namensfindung war eine schnelle Einigung nicht unbedingt zu erwarten.

Nach den verschiedensten Vorschlägen, von denen einige mehr als fragwürdig für den täglichen Umgang waren, stand plötzlich der Name Arthur im Raum. Arthur…mmmmh…warum Arthur…weil es einfach kein alltäglicher Hundename ist und wir ihn irgendwie vom Klang her echt schön fanden.

Dann war der Tag der Abholung gekommen. Ab ins Auto und los ging's.

In dem kleinen Ort angekommen, wurden wir nach kurzer Zeit auch bezüglich der Adresse fündig.

Nach einem freundlichen Empfang führte uns die Besitzerin in den Hof und zum Freilauf der Welpen. Was soll ich sagen!? Der Anblick war echt irre. Ein wildes Gewusel spielender, herumtollender Hundebabys. Als sie uns bemerkten ging die Party erst so richtig ab.

Alles drängelte sich am Zaun in unserer Richtung …übereinander, hintereinander, voreinander…man hatte den Eindruck, jeder wollte den besten Platz, um sich in Szene zu setzen. Hätten Sie Schilder hochgehalten hätte bestimmt draufgestanden „Nimm mich!" oder „Ich bin der Beste!". Denn jeder der Kleinen gab uns durch sein Verhalten zu verstehen: „Ich bin es, ich bin der Beste, ich will mit."

Für Tina kam ein reinrassiger Jacky, auch durch die vorhandene Farbgebung, nicht in Frage. Zu groß waren hier die Erinnerungen an den guten alten Balu. Die Retromöpse waren niedlich, aber nicht so ganz mein Ding. Schließlich fragten wir nach dem kleinen Mischling mit dem blauen Halsband.

Die Besitzerin teilte uns leider mit, dass dieser bereits ein neues zu Hause gefunden hatte. Also fragte ich nach meinem Favoriten: Schwarzes Halsband, treuer Blick.

Dieser kleine Kerl war wohl noch da und so begann ich in dem wilden Haufen von kleinen Fellnasen nach ihm zu suchen. Ich wurde schließlich fündig und fischte ihn mit einer Hand aus dem Gehege. In der Zwischenzeit hatte Tina sich schon eine kleine Hundedame geschnappt und hielt sie freudig im Arm.

Schwarzes Halsband war ein kleiner Jacky-Shih Tzu-Mops-Mix, was das bedeutet, dazu kommen wir später nochmal. Da hatte ich ihn also auf dem Arm und was soll ich sagen: Unsere Blicke trafen sich und er schmiegte wie selbstverständlich seinen Kopf an meine Schulter. Heute meine ich, ich hätte ein leises Seufzen der Zufriedenheit vernommen. Das kann natürlich auch nur Einbildung gewesen sein.

Die Würfel waren somit gefallen. Den kleinen Kerl wieder in das Gehege zu setzen und dort zurückzulassen, erschien mir in diesem Moment völlig unmöglich. Kurz kamen Überlegungen auf, die kleine Hundedame von Tina ebenfalls mit nach Hause zu nehmen, aber schließlich siegte hier die Vernunft über das Herz.

Da war er also: ARTHUR!

Wie passend der Name sein sollte, war uns zu diesem Zeitpunkt noch nicht klar, sollte es aber bald werden.

Die Formalitäten wie Impfausweis, Kaufvertrag, Bezahlung usw. wurden erledigt. Die Besitzerin schnappte sich Arthur nochmal und ab ging's unter die Dusche, denn im Freigehege hatte der Kleine bezüglich Schlamm und Dreck alles mitgenommen.

Sollten wir mit Arthur nicht klarkommen oder es doch nicht richtig passen, dann könnten wir ihn der Besitzerin zurückbringen und wir sollten ihn auf keinen Fall einfach ins nächste Tierheim bringen. Das war aber zu diesem Zeitpunkt für uns schon völlig ausgeschlossen. Es folgte eine herzliche Verabschiedung, die Übergabe einer Futterration für die nächsten Tage und dann ging es los Richtung Heimat und das mit einem neuen Familienmitglied mehr. Der kleine Kerl war auf der Fahrt sehr ruhig und auch bei einer kleinen Pinkelpause war er nur schwer aus dem Auto zu bewegen. Ich glaube, so freudig wie er am Anfang war, so unheimlich muss ihm die ganze Sache jetzt vorgekommen sein und vielleicht dachte er in diesem Moment, er wäre besser bei seinen Geschwistern geblieben.

Als wir nach längerer Fahrt endlich zu Hause angekommen waren und die Wohnung betreten hatten, taute er plötzlich schlagartig auf. Er erkundete die neue Umgebung, fand sein Körbchen mit Spielzeug und nahm es auch sofort an. Man konnte förmlich sehen, wie wohl er sich fühlte. Damit hatten wir nach der doch sehr verhaltenen Heimfahrt nicht gerechnet. Es freute uns aber umso mehr, wenn wir Arthur jetzt bei seinen Erkundungstouren durch die Wohnung beobachten konnten.

Die Anfangszeit oder Pippi machen für Anfänger

Die Anfangszeit war schön, aber auch eine Geduldsprobe und wer schon mal einen kleinen Welpen zu Hause hatte, weiß sicher, wovon ich hier spreche.

Ich hatte mir im Vorfeld ein Buch gekauft: Erziehungsratgeber für Welpen.

Ich hätte es lassen sollen, denn schon in der ersten Nacht versuchte ich mich daran zu halten. Nein, ich hielt mich eigentlich daran und das habe ich schon am nächsten Tag bereut.

„Der Welpe muss von Anfang an wissen, wo er schläft und wo sein Ruheplatz ist. Lassen sie ihn dort und bringen sie ihn immer wieder dahin zurück."

Also gelesen und entschieden, so machen wir das.

Was für eine blöde Idee!

In dieser ersten Nacht wurde ich dann durch ein echt starkes Gewitter mit heftigem Donner aus dem Schlaf gerissen. Also dachte ich, schau mal nach Arthur, es ist ja seine erste Nacht ohne seine Brüder und Schwestern.

Ich ging ins Wohnzimmer. Das Körbchen war leer und von Arthur keine Spur. Ich machte mich sofort auf die Suche, so groß war das Wohnzimmer ja nun auch nicht. Ich fand den kleinen Kerl schließlich unter dem Sofa in der hintersten Ecke. Mit etwas Geduld kam er dann endlich in meine Richtung und ich nahm ihn hoch. Setzte ihn, da ich ja dieses tolle Buch gelesen hatte, in sein Körbchen, blieb noch eine Zeit bei ihm und ging wieder ins Bett. Im Nachhinein war das völlig dämlich! Ich hätte ihn mit zu uns nehmen sollen. Na ja, man lernt nie aus und aus dem Buchinhalt wurde ab da nicht mehr alles ungefiltert für bare Münze genommen.

Vom nächsten Tag an sollte unsere lange Reise in Richtung Stubenreinheit beginnen und es war wirklich ein langer Weg. Arthur machte von Anfang an überhaupt keine Versuche, uns auch nur ansatzweise anzuzeigen, dass es Zeit zum Pippi machen war. Wenn es so weit war, ging's los. Es war dabei völlig egal, in welchem Teil der Wohnung wir uns gerade befanden oder was gerade so angesagt war.

Man hatte das Gefühl, der Druck bei Arthur war da und schon bevor der Gedanke in seinem Köpfchen angekommen war, wurde die Abhilfe in die Tat umgesetzt. Was haben wir nicht alles gelesen und an Ratschlägen von sogenannten Experten bekommen. „Er dreht sich im Kreis", „Er setzt sich vor die Tür", „Er läuft aufgeregt hin und her", „Er gibt Laut", „Geht einfach alle 2 Stunden vor die Tür"……aber nicht unser Arthur! Hier hatte man das Gefühl, es geht frei nach dem Motto: „Es drückt, es läuft" und das nicht über Tage, sondern Wochen. Langsam breitete sich die pure Verzweiflung in uns aus und es war einfach keine Besserung in Sicht.

Aber siehe da. Plötzlich und völlig unerwartet ging Arthur Richtung Tür und setzte sich mit Blick in unsere Richtung hin. Die zweite Stufe bei Nichtbeachtung war ein leises Knurren, welches mit der Zeit lauter und bestimmter wurde. Es war geschafft und von da an hat es funktioniert und unser Verbrauch von Handtüchern und Küchenrollen wurde nicht unerheblich reduziert.

Von diesem Zeitpunkt an nahm das Leben mit Arthur richtig Fahrt auf und das meine ich im positiven Sinn.

Es gab natürlich auch weiterhin Situationen und Ge-gebenheiten, welche das Nervenkostüm strapaziert haben, aber auch dazu später mehr.

Regeln und Grenzen

Tja, womit geht es nun an dieser Stelle weiter? Ach ja, ein Hund, besonders ein Welpe, braucht ganz klare Grenzen und Regeln. Gesagt, getan oder besser ausgedrückt…gelesen und versucht! Damit der kleine Kerl sich so richtig zugehörig zu unserer Familie fühlt, hat er sein festgelegtes Plätzchen auf unserem doch ziemlich großen Ecksofa bekommen. Markiert wurde der Bereich durch eine extra Decke. Somit war auch eine klare optische Abtrennung für alle Beteiligten sichtbar. Arthur wurde also immer wieder mit viel Geduld, Gesten und Worten auf seinen ihm zugedachten Platz verwiesen. In der Anfangszeit funktionierte das auch wirklich recht gut. Versuche, andere Bereich der Couch zu erobern, schlugen aufgrund unserer unnachgiebigen Haltung fehl und ein gewisses Gefühl des Stolzes stellte sich bei uns ein. Arthur hatte unsere Anweisungen und unseren Willen, ihm seinen Platz im Wohnzimmer zuzuweisen, akzeptiert.

Schon bald sollten wir allerdings eines Besseren belehrt werden und zum ersten Mal sahen wir seine

Namensgebung „Arthur" in einem anderen, geschichtlich angehauchten Zusammenhang.

Langsam und ich meine am Anfang wirklich sehr langsam, begann Arthur seinen kleinen, aber von Taktik geprägten Eroberungsfeldzug auf der Couch. Es begann mit kleinen Schritten oder besser gesagt mit kleinen Rutschversuchen und als diese von uns nicht sofort unterbunden wurden, nahm das Schicksal seinen Lauf. Die Tage vergingen, nach und nach wurde seine eigene Decke verlassen und sein Territorium wurde Stückchen für Stückchen weiter in unsere Richtung erweitert.

Zu Beginn wurde zumindest noch der Anschein erweckt, die eigene Decke zu benutzen und sich jeden Tag neu vorgearbeitet. Irgendwann wurde diese Taktik jedoch vollständig verworfen und der bisher zugewiesene Platz sofort und vollständig ignoriert. Arthur begann sich seinen Platz nach eigenem Belieben zu suchen oder besser gesagt, zu besetzen. Es wurde nur Platz gemacht, wenn wir dies forderten und unseren Platz beanspruchten. Aber was soll ich sagen? Ihr werdet es euch sicher schon denken, auch dies war nur eine Übergangsphase.

Nachdem die ersten Schritte seitens der Besetzung erfolgreich abgeschlossen waren, spielte Arthur nun endgültig seine Namenskarte aus. König Arthur hatte sein Reich auf der gesamten Couch erobert und hielt hier ganz nach eigenem Belieben seinen Hofstaat ab. Anfangs allein und später gefolgt von seinen Stofftiergefährten. Jeder König braucht ja sein Gefolge!

Jetzt werden viele denken: "Das muss man eben sofort unterbinden" oder „So was geht ja gar nicht". Es kam bei uns jedoch der Punkt, an dem wir es akzeptiert und in gewisser Weise auch genossen haben. Eins hat Arthur uns nämlich in seiner Großzügigkeit als königliche Majestät von Anfang an zu verstehen gegeben: „Seine Couch ist auch unsere Couch"

Jetzt aber mal ernsthaft. Arthur mag zwar die Couch erobert haben, aber er hat mindestens im selben Maß, wenn nicht noch viel schneller und effizienter, weiterhin unsere Herzen erobert. Er sucht auf der Couch fast immer den Körperkontakt und unsere Nähe. Er liebt es, im Verlauf der Abende, vollständig bei Tina unter die Decke abzutauchen und sich dort an ihre Beine zu schmiegen.

Arthur gehört zu uns und dazu gehört eben auch die

Zeit auf der Couch. Was glaubt Ihr, was passiert, wenn im TV ein Tierfilm läuft oder ein Hund die „Leinwand" betritt? Arthur hat dann in Windeseile die „Erste Reihe" gebucht.

Lernen, was ein Hund wissen muss

Natürlich sollte Arthur auch in die Hundeschule gehen, denn schließlich sollte ein kleiner Hund ja auch lernen was ein Hund ebenso können sollte, und dass man immer auf sein Frauchen oder Herrchen hören muss.

Irgendwann war der Tag gekommen. Die erste Schulstunde für Herrchen und Hund. Es war auch das erste Mal, dass Arthur wieder eine längere Fahrt im Auto machte. Auch hier sollten wir, wie sollte es auch anders sein, auf eine ähnliche Probe wie bei der Sache mit der Stubenreinheit gestellt werden.

Nicht, dass Arthur Angst vor dem Auto oder der Fahrt gehabt hätte. Nein ganz im Gegenteil. Die Autotür ging auf und ehe man sich versah, war Arthur auch schon drin und schaute einen mit fast schon freudiger Erwartung an. Aber auf der Fahrt war es dann soweit…Kurve eins: ok, Kurve zwei: ok, Kurve drei: ok und dann gings los. Regelmäßiges Erbrechen begleitete uns von da an auf jeder Fahrt und das war wirklich nicht immer lustig.

Das Aufwischen war eine Sache, aber der Geruch schon eine völlig andere. Das ging sogar soweit, dass man versuchte die, regelmäßige Fahrt zur Hundeschule unter den fadenscheinigsten Erklärungen dem anderen „Elternteil" zu übertragen. Aber geteiltes Leid ist halbes Leid, also war dann doch jeder von uns im Wechsel an der Reihe.

In der Hundeschule selbst funktionierte es mal gut, mal weniger gut und das gesteckte Lernziel wurde zumindest von Arthur nicht immer erreicht. Es erschien mir hier so, wie es auch bei Eltern oft der Fall ist. Man versuchte sich hier gegenseitig mit dem zu übertreffen, was der eigene Welpe schon alles kann und das am besten gleich in der ersten Stunde. Hier hat natürlich keiner gesagt: "Er schläft seit der ersten Nacht durch" oder „Er benutzt jetzt schon einen Löffel". Hier kam dann eher so etwas wie: „Er macht schon sitz" oder „Er läuft schon ohne Leine"…ja klar, das hat Arthur auch schon gemacht, fragt sich nur, wohin er läuft? Aber Moment mal, sind wir den nicht zum Lernen hier? Wenn jede kleine Fellnase schon alles könnte, würde wohl jede Hundeschule auf der Stelle Insolvenz anmelden.

Arthur und ich, ok ich kann jetzt hier mit letzter Gewissheit natürlich nur für mich sprechen, haben unser Bestes gegeben, um die vorgegebenen Ziele zur Zufriedenheit der Trainerin zu erfüllen. Ich muss jedoch gestehen, dass uns das nicht wirklich gelungen ist.

Aber was soll's! Wir haben Arthur deshalb nicht weniger lieb und ich will ganz fest daran glauben, dass er wegen dieser Sache auch von mir nicht zu sehr enttäuscht war. Das Thema Hundeschule möchte ich dann hier auch schon beenden. Es spielten zu dieser Zeit Vorkommnisse in unserem familiären Umfeld eine nicht unerhebliche Rolle, auf die ich hier nicht weiter eingehen möchte. Dies würde nur schmerzliche Erinnerungen zurückbringen. Die Hundeschule rückte dadurch jedoch deutlich in den Hintergrund.

Die kleinen oder manchmal auch größeren Kotzanfälle von Arthur wurden im Lauf der Zeit immer weniger und waren irgendwann ganz vorbei. Was geblieben ist, ist seine positive Einstellung zum Autofahren. Tür auf, Arthur rein und los geht's. Egal wie lang die Fahrt auch dauert.

Erweiterung des Königreiches

Wie anfangs schon erwähnt, hat Arthur sein Körbchen sehr schnell angenommen und es neben seinem damaligen Schnuffelkissen als seinen Rückzugsbereich akzeptiert. Wer aber nun gedacht hat, König Arthurs Ruhereich würde an den Grenzen der Couch enden, der hatte die Rechnung ohne den Anführer der Tafelrunde gemacht. Wenn am späten Abend Ruhe in der Wohnung eingekehrt war, fühlte sich der König wohl einsam in seinem Reich und allein war es ja in der Nacht auch völlig langweilig auf dem dann doch sehr großen Ecksofa. Was dann folgte, war somit nur die logische Fortsetzung einer von langer Pfote geplanten Gesamtstrategie. Phase zwei konnte also beginnen. Hier waren die Parallelen zur ersten Phase unverkennbar. Unsere Haltung war hier aber natürlich ganz klar, unumstößlich und würde sich auch in hundert Jahren nicht ändern.

Da haben wir es wieder, das Problem mit der Zeit!

Es war so wie mit den fünf Jahren, welche ich ja bereits in einem vorherigen Kapitel erwähnt habe. Was soll ich sagen? Die hundert Jahre vergingen noch viel schneller als die besagten fünf Jahre und somit ist auch hier wieder klar…Zeit ist relativ.

Arthur schlich also jeden Abend um unser Bett, setzte sich davor, zeigte seinen schönsten und sehnsuchtsvollsten Hundeblick und fing somit an, unsere Herzen Stück für Stück zu erweichen. Schließlich kam es, wie es kommen musste. Arthur setzte seinen Willen durch. Ich glaube spätestens zu diesem Zeitpunkt wurde ihm bewusst, was man mit Blicken und einem unnachgiebigen Augenkontakt als kleiner Hund alles erreichen kann.

Das Ganze funktioniert natürlich nur, wenn Frauchen und Herrchen für solche Signale mehr als empfänglich sind. Was bei uns eben der Fall war.

Arthur bekam also seinen Platz am Fußende des Bettes. Hatte ich schon erwähnt, dass er es liebt, unter Decken abzutauchen und Körperkontakt sucht. Wir hätten es also wieder mal wissen müssen. Im Nachhinein glaube ich, wir wussten es auch. Reicht man Arthur die kleine Pfote, schafft er es mit seiner ganz eigenen Art seinen gesamten Körper innerhalb kürzester Zeit nachzuschieben.

Somit war die zweite, eigentlich doch uns vorbehal-
tene letzte Bastion der Zweisamkeit gefallen.

Langfristig sollte sich dies jedoch wieder relativieren
und Arthur traf selbst die Entscheidung, zu welchem
Zeitpunkt er nachts von der Couch ins Bett wechselte.
Damit trat aber nun ein neues Problem zu Tage.
Arthur ist nun nicht wirklich groß und unser Bett hat
eine Höhe, die es Ihm nur mit Anlauf möglich machte,
seinen neu definierten Schlafplatz zu erreichen. Das
war wohl im Dunkeln nicht immer so leicht. Wenn er
uns also irgendwann im Laufe der Nacht ins Schlafzimmer folgte und nicht auf das Bett kam, begann er
zwischen den zwei Bettseiten zu pendeln und sich
lautstark bemerkbar zu machen. Um irgendwann
doch wieder in Ruhe weiter zu schlafen, wurde er
schließlich aufs Bett gehoben. Wir waren ja beide
wach und doch hoffte irgendwie jeder, der andere
würde zuerst nachgeben. Den warmen Bereich unter
der Decke kurzfristig verlassen und Arthur zu seinem
Recht auf seinen mittlerweile ihm zustehenden Platz
im Schlafbereich zu ermöglichen.

Was soll ich sagen, googelt mal Hundetreppe! Ja genau, es ist das, wonach es sich anhört. Arthur bekam
also seine eigene Treppe, um nachts ohne unser

Zutun unseren nunmehr gemeinsamen Schlafplatz zu erreichen.

Es gab Abende, da fragte ich Tina: "Wo ist denn Arthur?"

Antwort: "Schon ins Bett."

Morgens werden wir bis heute dann auch schonmal mit einem Nasenstupser geweckt und seine Majestät bettet sich zwischen uns und liegt mit seinem Köpfchen neben mir auf dem Kopfkissen. Man hat auch mittlerweile das Gefühl, er wüsste genau, wann Wochenende ist und das dann morgens Kuschelzeit ansteht. Das ist aber eine absolute WIN-WIN Situation und beide Seiten haben gelernt damit umzugehen und auch gewisse Grenzen zu akzeptieren. Zumindest reden Tina und ich uns das immer wieder ein.

Nein, jetzt mal im Ernst, und das muss an dieser Stelle auch mal kurz erwähnt werden. Auch unser Hund darf nicht alles und es gibt hier Grenzen, die nicht überschritten werden. Aber Arthur ist eben ein richtiges Familienmitglied geworden und wie sage ich immer: "Ein Hund ist eben kein Goldfisch" um hier mal den Bogen zu meinen ersten kindlichen Haustiererfahrungen zu schlagen.

Ein „Halber Mann" oder auch ein „König" muss mal zum Doc

Irgendwann musste eine Entscheidung bezüglich der Fortpflanzungsmöglichkeiten von Arthur getroffen werden. Wieder wurde hier viel gelesen und es gab wie bei allen Dingen die verschiedensten Meinungen zum Thema Kastration. Wir entschieden uns letztendlich für diesen Schritt und entgegen den mittlerweile sonstigen Gepflogenheiten bei Entscheidungen rund um Arthur hatte er diesmal kein Mitspracherecht. Hätte er es gehabt, wären hier sicherlich erneut viele verletzliche Hundeblicke in unsere Richtung geschickt und alle Register der Niedlichkeit gezogen worden. Soweit kam es aber bei dieser Entscheidung natürlich nicht.

Es wurde also ein Termin bei unserem Tierarzt vereinbart und nach den üblichen Vorgesprächen war der Tag gekommen. Der OP-Termin stand an und als hätte Arthur gewusst, wohin es geht und was dort passieren sollte, war von der Freude bezüglich des Autos an diesem Morgen nichts zu spüren.

Widerwillig ließ man sich anleinen und noch widerwilliger ging es schließlich ins Auto. Auf der Fahrt, so kam es mir jedenfalls vor, war Arthurs Nervosität fast greifbar und selbst beruhigende Worte und Streicheleinheiten erzielten diesmal nicht den gewünschten Erfolg. Arthur blieb dann allein beim Arzt und wir machten uns auf den Heimweg. Am Nachmittag kam dann der Anruf. Arthur ist wieder wach und konnte abgeholt werden. Wir machten uns also auf den Weg und nahmen unseren kleinen „Halbmann" in Empfang. Auf dem Heimweg war er ungewöhnlich ruhig, was sicherlich der noch wirkenden Narkose geschuldet war. An Treppensteigen zur Wohnung war nicht zu denken, also ab auf den Arm und ins heimatliche Körbchen. Die ersten Gehversuche in der Wohnung wirkten schon ein wenig tollpatschig. Arthur landete das ein oder andere Mal auf seinem Hinterteil oder die Vorderbeine rutschten so weit auseinander, sodass seine Hinterbeine den Kopf und die Brust über den Boden geschoben haben. Aber auch das ging im Laufe des Tages vorbei und unser alter Arthur war wieder da.

Die sonstigen Arztbesuche zum Impfen, Krallenschneiden usw. waren dann aber nicht mehr so problematisch und Arthur nahm sie mit einer ruhigen

Gelassenheit hin. Frei nach dem Motto: „Warum sich über etwas aufregen, was man sowieso nicht ändern kann".

Es gab bisher nur zwei weitere, für uns doch mit einer gewissen Angst verbundene Arztbesuche mit dem kleinen Kerl.

Er fing an, nach einer längeren Spieleinheit mit einem Ball, zu humpeln und das rechte Hinterbein nachzuziehen. Nachdem sich einfach keine Besserung einstellen wollte, ging es dann doch ab zur Untersuchung. Wie auch bei uns Menschen möglich, hatte Arthur Probleme mit den Bändern im Knie. Da eine Operation hier nicht unbedingt erforderlich war, bzw. eine anhaltende Besserung bringen würde, entschieden wir uns zusammen mit dem Arzt dagegen. Schonung, ein paar Schmerztabletten und zukünftig eine etwas andere Spielweise sollten hier langfristig weiteren Problemen entgegenwirken. Die Probleme mit seinem Bein sollten uns zu einem späteren Zeitpunkt jedoch erneut einholen.

Der zweite große und wichtige Arztbesuch war da schon ein anderes Kaliber. Wir kamen von einem längeren Spaziergang zurück und es war erstmal alles wie immer.

Einige Stunden, nachdem wir wieder zu Hause waren, fing Arthur jedoch an, sich ungewöhnlich zu verhalten. Er suchte dunkle Ecken und untypische Stellen, um sich zurückzuziehen. Keinen Körperkontakt und fing schließlich an, unkontrolliert zu zittern. Das alles erinnerte mich an unseren damals kranken Balu, bei dem viele dieser Verhaltensweisen und Symptome das Ende seiner Lebensspanne eingeläutet hatten.

In mir und auch in Tina stieg langsam Panik auf und die verschiedensten Szenarien schossen uns durch die Köpfe. Irgendwann im Laufe der Nacht schlief Arthur dann doch neben mir im Bett ein und auch uns übermannte die Müdigkeit.

Am nächsten Morgen ging der Radiowecker an und instinktiv suchte ich im Bett nach Arthur, aber er war nicht da. Ich stand auf, ging in den Flur und rief nach ihm. Keine Reaktion. Bei meinem Blick in die Küche sah ich im hinteren Teil auf dem Boden eine Lache aus einer eher schleimigen Substanz mit einer nicht unerheblichen Menge an Blut. Also sofort zurück ins Wohnzimmer. Jetzt nahm ich auch den süßlichen Geruch wahr. Im Wohnzimmer bot sich mir ein noch schlimmeres Bild!

Verschiedene Lachen auf dem Boden, alle mit Blut durchsetzt und in einer Ecke vor seinem geliebten Sofa lag zitternd unser Arthur. Seine gesamte Körperhaltung und sein Blick vermittelten Schmerzen, Angst etwas falsch gemacht zu haben und die Frage, was denn nur mit ihm los sei. Je länger er mir seinen Blick nahezu schon entgegen schleuderte, umso mehr sah ich seine angsterfüllten Augen. Ich hatte das Gefühl, dass er von mir eine Antwort erwartete.

Uns blieb nur eine Wahl! Sofort ab zum Arzt. Erschwerend kam hinzu, dass in den letzten Tagen bei uns immer wieder Infos über ausgelegt Giftköder und Köder, die mit Klingen versetzt sind, die Runde gemacht haben.

Beim Arzt konnte dann aber eine Vergiftung relativ schnell ausgeschlossen werden. Man fragte uns, ob Arthur in den letzten Tagen Kontakt zu anderen Hunden gehabt hätte. Dies war bei unseren Spaziergängen immer wieder der Fall. Es würde gerade ein Virus grassieren und den hatte sich unsere Arthur wohl vollumfänglich eingefangen. Es gab erstmal eine Spritze für ihn, welche sowohl Arthur und auch ich wie ein ganzer Kerl ertragen haben.

Dann gab es für die nächsten Tage noch Tabletten, ein Mittelchen gegen Dehydrierung und ab ging's nach Hause. Diesen und auch die nächsten Tage bereitete uns der Racker noch einigen Kummer.

Ich muss an dieser Stelle zugeben, dass ich echt Angst hatte, den kleinen Kerl zu verlieren, der mir doch in so kurzer Zeit so unglaublich an Herz gewachsen war. Tina ging es da glaub ich nicht anders und deshalb waren wir beide mehr als erleichtert, ihn wieder so zu sehen, wie wir es gewohnt waren.

Denn bei all seinen kleinen Macken, seiner manchmal fordernden Art, der Arbeit die er oftmals macht, dem Gassigehen auch bei schlechtem Wetter und der Inanspruchnahme seiner angestammten Plätze innerhalb der Wohnung, er gehört so wie er ist einfach dazu. Sein Verlust hätte uns sicherlich sehr traurig gemacht und unsere Herzen, bildlich gesprochen, zumindest für einen längeren Zeitraum verdunkelt.

Jetzt könntet Ihr im schlimmsten Fall sicherlich denken: "Ist doch nur ein Hund". Aber ich glaube, wer so denkt wird diese Zeilen sowieso nicht lesen und hat sich bei mir mit dieser Aussage selbst disqualifiziert.

Helfer und Freund

Für mich hat unser Arthur noch eine tiefergehende Bedeutung. Er hat mir sehr über den Tod meines Vaters und nur zwei Monate später auch über den Tod meiner Mutter geholfen. Menschen ohne Tiere und speziell ohne Hunde können das vielleicht nur schwerlich nachvollziehen, aber es war so.

Besonders beim Tod meines Vaters habe ich auch nach der Nachricht „funktioniert". Es mussten verschiedene Dinge geregelt und meiner Mutter die Situation begreiflich gemacht werden. Gefühlt tausend andere Dinge stürzten auf mich ein. Natürlich hatte ich Tina, bei der ich mich an dieser Stelle von Herzen bedanken möchte! Ohne sie hätte ich sowohl die Zeit, in der meine Eltern der Pflege bedurften, noch die Zeit nach dem schnell aufeinander folgenden Tod in dieser Form bewältigen können.

Tina: „Ich lieb dich mal 3000…und noch darüber hinaus!"

Aber es waren die ruhigen Momente und Stunden allein, ohne zu erledigende Aufgaben. Zeiten, in denen

Körper und Geist zur Ruhe kommen und einem der Verlust von geliebten Menschen noch einmal mehr als schmerzlich klar wird.

Gedanken an diese Menschen setzen sich im Kopf fest und die Trauer schlägt an dieser Stelle mit voller Wucht über einem zusammen.

In diesen Momenten war Arthur da!

Er kam zu mir, instinktiv wohl wissend, wie es mir ging. Er war nicht fordernd, nicht aufdringlich, er war in diesem Moment einfach für mich da und das hat mir im Nachhinein mehr geholfen, als mir zu diesem Zeitpunkt bewusst war.

Danke, Arthur!!!

Autofahren für alle

Unser erster gemeinsamer Urlaub mit Arthur führte uns an die Ostsee, genauer gesagt nach Grömitz. Diese Fahrt von rund 450 Km sollte der erste wirklich große Test in Bezug auf das Verhalten im Auto sein. Die Fahrten zum Besuch der Hundeschule und zum Tierarzt waren dagegen ja nur absolutes Anfängerniveau. Kurze Strecke kann ja jeder. Was soll ich sagen? Arthur ist im Auto ein absolut cooler Mitfahrer. Er steigt ohne Widerworte ein, legt den Sicherheitsgurt an…ok er lässt ihn sich anlegen…er macht es sich gemütlich, fragt nicht ständig wann wir da sind und ist auch sonst nicht am Nörgeln. Natürlich hat er auch so seine Bedürfnisse und auf die gehen wir auch ein. Aber wenn es mal nicht so läuft wie geplant, ist er im Gegensatz zu so manchem menschlichen Mitfahrer ein absoluter Traum. An dieser Stelle sei noch angemerkt, dass ich mit den hier getroffenen Aussagen zu zweibeinigen Mitfahrern nicht meine bessere Hälfte meine. Sie ist als Beifahrer nicht zu ersetzen. Egal ob bei der Einstellung des Navi's oder beim augenscheinlichen Navigieren durch fremde

Großstädte und das ganz egal ob im In- oder Ausland. Genannt sei hier nur unser 3½-wöchiger Trip mit dem Mietwagen durch Südafrika und das auch noch bei Linksverkehr. Weder haben wir hier andere Verkehrsteilnehmer in Gefahr gebracht, noch haben wir uns aufgrund scheinbarer Differenzen gegenseitig beschuldigt, beleidigt oder mit Ausdrücken belegt, die unter die Gürtellinie gehen würden. Ich würde keinen der beiden Mitfahrer gegen ein anderes Exemplar eintauschen wollen.

Nur einmal begab es sich zu einer sommerlichen Zeit im Zillertal, dass alle Navigationssysteme scheinbar versagten. Meine bereits beschriebene Beifahrerin mit dem angeschlossenen Navi, Google auf dem Handy und mit Blick auf die Straße versuchte, den Weg zur Hochstraße im Zillertal zu finden. Was sich aber anhand der vorher bereits falsch genutzten Abfahrt als unmöglich erwies. Sie beharrte dennoch auf ihre verschiedenen Routen, welche uns aber alle geradewegs ins Unglück geführt hätte. Wir waren in den Bergen, eine genauere Beschreibung ist somit sicherlich nicht nötig. Ich lasse da mal der Fantasie freien Lauf.

Aber egal, wohin uns der Weg mit dem Auto in der Zukunft noch führen wird, Arthur wird seine Ruhe, Gelassenheit und Zufriedenheit beim Autofahren hoffentlich nicht verlieren.

Das große Zittern

Arthur ist schon ein kleiner Eroberer, so wie er sein Territorium innerhalb der Wohnung und der Couch immer weiter ausgedehnt hat. Auch in der Natur ist er immer neugierig und auf Entdeckungstour.

Es gibt da aber auch noch einen anderen Arthur.

Bei plötzlichen lauten Geräuschen, die er nicht einordnen kann, hat man dann kurzfristig nicht nur König Arthur vor sich, sondern er trägt dann den Beinamen:

„Arthur, der Schreckhafte"

Urlaub ohne Arthur

Wir haben ja, wie bereits mehrfach erwähnt, nach schnellen fünf Jahren die Entscheidung getroffen, nach Balu ein neues Familienmitglied in unsere Reihen aufzunehmen. Gesagt, getan. Was wir dabei total aus den Augen verloren hatten, war unser geplanter Trip nach Südafrika. Dies wurde uns erst wieder so richtig bewusst, als es in Richtung der abschließenden Reisevorbereitungen ging. Was machen wir mit Arthur? Wo soll er diese 3 ½ Wochen verbringen?

Eine Tierpension kam nach ausgiebiger Recherche nicht in Frage. Arthur ist ein absoluter Familienhund und mehr als nur in unser Leben integriert. Er ist ein absoluter Teil davon geworden. Wenn ich ihn in meiner Vorstellung abends allein in einem Zwinger sah, verging mir die Lust auf die gesamte Reise.

Da hatten wir wohl bei der frühen Anschaffung des neuen Familienmitglieds einen nicht unerheblichen Teil dieser Urlaubsplanung außer Acht gelassen.

Schließlich kam Tina die rettende Idee!

Lara, Nicole und Stefan!

Ich war sofort für diese Idee zu begeistern, aber ich war ja hier auch nicht die Person, die man überzeugen musste. Zu unserem großen Glück war hier keine große Überzeugungsarbeit erforderlich.

Lara war sofort Feuer und Flamme und Ihre Eltern haben sich auch sehr schnell mit dem Gedanken auf einen Hausgast auf Zeit angefreundet. Somit war es beschlossen! Arthur ging für die Dauer des Urlaubs zu seiner „Gastfamilie" und wir hofften, dass er sich dort gute einleben und wohlfühlen würde.

Am Abend vor dem Abflug wurden also nicht nur unsere Koffer gepackt, auch für Arthur wurden die „Urlaubsvorbereitungen" getroffen. Dann brachten wir ihn zu seiner Gastfamilie, verabschiedeten uns und los ging es.

Zu meiner Schande muss ich hier gestehen, dass nach zwei Tagen die Gedanken an Arthur absolut in den Hintergrund getreten waren. Südafrika mit seiner Landschaft, seiner Tierwelt und nicht zuletzt seinen Menschen hat uns beide in seinen Bann gezogen.

Die Vielzahl von Eindrücken hat uns nahezu erschlagen und bis zum heutigen Tag vergeht fast keine Woche, in der ich nicht mindestens einmal kurz an die schöne Zeit in Südafrika zurückdenke.

Aber auch der schönste Urlaub geht einmal zu Ende. Als wir wieder zu Hause angekommen waren, wurden eiligst die Koffer nach Hause gebracht und dann ging es auch schon los zur Abholung.

So groß die Freude nun unsererseits auch war, so schnell kam die absolute Ernüchterung. Kurze Begrüßung und dann, ja was dann …. eigentlich nichts! Arthur ging mit uns nach Hause, aber wir hatten den Eindruck, dies geschah nur sehr widerwillig. Beachtet wurden wir nicht wirklich. Nein, wir wurden von unserer Fellnase regelrecht abgestraft. Zumindest drängte sich uns dieser Eindruck auf.

Erst nach zwei bis drei Tagen kehrte unser alter Arthur wirklich zu uns zurück. Dafür dann aber mit aller Macht, als wollte er die gesamte Zeit unserer Abwesenheit nachholen.

Bei zukünftigen Reisen, auf die wir Arthur nicht mitnehmen können, besucht er immer wieder seine Zweitfamilie.

Eine so lange Reise haben wir aber bis zum heutigen Tag nicht wieder ohne ihn unternommen und die Kurztrips nimmt er uns nicht mehr übel. Er weiß ja, wir kommen wieder und wir würden ihn auch nie dauerhaft weggeben.

Sollte es mal nicht möglich sein, ihn für einen Kurztrip unsererseits vernünftig und mit gutem Gewissen unterzubringen, dann findet dieser Trip eben nicht statt.

Wie ernst gemeint diese Aussage unsererseits ist und was sie letztendlich bedeutet, sollte uns noch einmal mehr als bewusstwerden.

Entscheidung für ein tierisches Familienmitglied

An dieser Stelle sei all denen gesagt, die sich einen Hund anschaffen wollen, ein Hund ist kein Spielzeug!

Er ist ein lebendes Wesen mit Bedürfnissen und Gefühlen. Überlegt es euch also gut, ob Ihr euer Leben für ein solches neues Familienmitglied umstellen wollt. Denn eine Umstellung ist es unweigerlich und wer sich einmal für einen Hund entschieden hat, übernimmt damit auch die Verantwortung für dessen Leben. Ein Hund ist nämlich nicht nur da, wenn es Euch gerade gefällt und in euren Zeitplan passt. Er ist da, solange er lebt.

Eins solltet Ihr ebenfalls noch bedenken, der Hund mag euch nur einen Teil eures Lebens begleiten, aber für ihn seid ihr sein ganzes Leben.

Aus diesem Grund möchte ich hier erneut kurz auf eine Zeit eingehen, über die jeder Hundebesitzer nicht wirklich nachdenken will, die aber unweigerlich kommen wird.

Der Hund wird irgendwann seinen Weg über die Regenbogenbrücke antreten und egal wie schmerzhaft dies für euch sein wird, ihr könnt ihn nicht allein in einer dunklen Ecke sterben lassen oder ihn einfach dem Tierarzt übergeben.

Ich habe das ganze bereits einmal bei meinem alten Kumpel Balu erlebt. Ich habe mit ihm gebangt, gelitten und am Ende bitterlich geweint, obwohl ich den alten Kerl erst zu einem für seine Verhältnisse späten Lebensabschnitt kennengelernt und Freundschaft mit ihm geschlossen hatte. Aber auch er hatte es verdient, dass ich ihn auf seinem letzten Weg begleitet habe, egal wie schwer mir das auch gefallen ist. Ich will jetzt noch gar nicht daran denken, wie es mir bei Arthur gehen wird. Aber auch ihn werde ich begleiten und ihm bis zum Ende das Gefühl geben, nicht allein zu sein.

Jeder, der sein Leben mit einem Hund teilt, die Freude und die gemeinsame Zeit mit ihm genießt, hat somit verdammt nochmal auch die Pflicht, dieses Leben bis zum Ende mitzugehen. Egal wie schmerzlich es für einen selbst auch sein mag.

Spielzeug

Wie jedes Kind und eigentlich auch jeder Erwachsene braucht ein kleiner Hundewelpe sein Spielzeug und da hat die große weite Welt der Hundespielzeugfabrikation so einiges zu bieten. Seile mit Knoten, Tiere mit großen Augen, geometrische Figuren und das alles aus allen nur denkbaren Materialien. Eins hatten alle diese Dinge in Arthurs Sturm- und Drangzeit gemeinsam. Sie hatten keine Chance gegen ihn. Egal welche Form, welche Art oder aus welchem Material. Arthur hat es geschafft, auch die widerstandsfähigsten Hundespielzeuge innerhalb kürzester Zeit auf unaufhaltsame Art zu zerstören.

Wir haben die unterschiedlichsten Ausführungen ausprobiert, aber sie alle haben, in ihrer ganzen Pracht, nur wenige Stunden überstanden.

Irgendwann waren wir mal wieder in unserem Lieblingsfreizeitpark und da kam uns die Idee, für unser Sideboard im Schlafzimmer ein paar niedliche Stofftiere, welche eigentlich für Kinder gedacht waren zu kaufen.

Wir gingen dort in den Shop, in dem es eine Fülle an Stofftieren in den verschiedensten Größen und Farben gab. Die Wahl fiel letztendlich auf einen Pinguin, eine Robbe und auf einen Eisbären. Zu Hause angekommen fanden die drei dann Ihren Platz allerdings nicht wie ursprünglich geplant auf dem Sideboard, sondern auf der Ablage über unserem Bett.

Jedoch nicht in einer Höhe, welche für den kleinen Arthur unerreichbar war. Eine ganze Zeit ging die Sache auch gut. Arthur ignorierte die Tiere und würdigte sie keines Blickes. Zumindest dachten wir das, aber wie schon so oft zuvor hat auch hier der Schein getrügt. Wir sahen Arthur immer häufiger, wie er auf dem Bett saß und mit verträumtem Blick die drei kleinen, flauschigen Gestalten anblickte. In der nächsten Phase erwischten wir ihn dabei, wie er in abwechselnder Reihenfolge Pinguin, Robbi und Eisbär von der Ablage stibitzte und versuchte, sich damit heimlich aus dem Staub zu machen. Wir nahmen ihm sein Diebesgut weg und ermahnten ihn das zukünftig nicht mehr zu tun.

Natürlich hat er sich unsere Ermahnungen zu Herzen genommen und die Stofftiere fortan auf der Ablage gelassen und sie lediglich aus respektvoller Entfernung beobachtet.

Auch sonst hat er zukünftig keinerlei Anstalten mehr gemacht, sich jemals wieder etwas zu schnappen und sich damit schnellstmöglich aus dem Staub zu machen.

Genauso ist es natürlich nicht abgelaufen!

Arthur hat sich die drei Kerlchen weiter geholt und durch die Wohnung getragen. Sie versteckt und wie wild mit ihnen gespielt. Irgendwann haben wir ihm die drei Tierchen mit der Gewissheit überlassen, dass diese in kürzester Zeit zerstört in der Mülltonne landen würden. Doch was soll ich sagen? Bis auf den Verlust der „Knuppelaugen" haben alle Arthurs ausführlichen Spieldrang überstanden und bis zum heutigen Tag werden Sie von A nach B getragen, es wird auf Ihnen herumgekaut und gemeinsam mit ihnen gespielt. Mittlerweile haben auch einige andere Stofftiere Arthurs ausführlichen Spieldrang überlebt. Somit wächst die Gemeinschaft und König Arthurs Gefolge stetig weiter an.

Das ist nicht unbedingt seine Schuld, denn seien wir mal ehrlich, er wird wohl kaum sein Portemonnaie schnappen, sich allein auf den Weg ins nächste Spielzeuggeschäft machen und seinem Kaufdrang freien Lauf lassen.

Die Blicke der dort Beschäftigten möchte ich sehen!

Abstammung ohne Stammbaum

Ich hatte ja bereits erwähnt, dass es sich bei Arthur um einen Mischling handelt. Als wir ihn abgeholt und in unsere Familie aufgenommen haben, wurde uns natürlich auch die Gesamtkombination mitgeteilt: Jacky-Shih Tzu-Mops-Mix. Das rollt locker über die Zunge. Einen Stammbaum gab es nicht. Nur so viel haben wir erfahren; seine Mamma war eine Shih Tzu Dame und sein Papa ein Jacky-Mops-Mix. Kennengelernt haben wir beide nur kurz und ihre Namen sind mir leider entfallen.

Was diese Mischung nun im täglichen Alltag bedeutet, wurde uns im Laufe der Zeit immer klarer und sollte uns noch mehr als deutlich vor Augen geführt werden. An dieser Stelle kann ich euch sagen, es ist eine nicht zu unterschätzende Kombination.

Für uns als Hundehalter vereinte Arthur von jedem der beteiligten Rassen nur das „Beste".

Er ist ein agiler, kleiner Wirbelwind, der Wandertouren liebt, unterwegs seine Umgebung erkundet. Er mag es, sich mit seinem gesamten Körper in die

Fluten zu schmeißen. Hier schlägt also der Jacky voll durch.

Den Mops verbindet man im Allgemeinen mit einem doch eher kräftigen Körperbau und das ist auch bei Arthur unverkennbar. Er hatte von Anfang an ein kleines Bäuchlein und eine breite Brust. Leider ist der Mops nach der Kastration noch mehr durchgeschlagen und Arthur hat nun einen eher gedrungenen Körperbau, was ihm jedoch nichts von seiner Lebensfreude und seinem Entdeckerdrang genommen hat.

Dann natürlich der Shih Tzu. Man sagt ja hier, dass diese Rasse ein wenig dickköpfig sein kann und ihren ganz eigenen Willen hat. Wie denn…ein wenig dickköpfig ….. das ist bei Arthur die Untertreibung des Jahrhunderts. Man hat häufig den Eindruck, was der gnädige Herr nicht will, wird auch nicht gemacht!

Könige haben das eben nicht nötig!

Arthurs Augen und sein Blick tun dann noch das Nötigste, um den Eindruck von völligem Desinteresse und oftmals von völliger Ignoranz zu vermitteln.

Wenn man ihn zum Beispiel in der Wohnung und speziell, wenn der König sich in seinem Ruhebereich auf der Couch befindet, ruft, kann man förmlich sehen, dass er den Ruf vernommen hat und demonstrativ in die andere Richtung schaut. Könnte er pfeifen, würde er dies in diesem Augenblick wahrscheinlich tun, um damit noch zu unterstreichen, wie egal ihm das gerade ist.

Über seinem Kopf kann man so richtig eine Sprechblase sehen, in der steht: "Mich? Nein du meinst doch nicht etwa mich? Kann nicht sein!"

Man kann das hier nur schwer beschreiben, man muss es einfach gesehen haben.

Er ist also ein ungestümer, neugieriger, etwas zu kräftig geratener, dickköpfiger, manchmal ignoranter, aber immer freundlicher kleiner Hund ohne Stammbaum.

Aber für nichts auf der Welt würden wir Ihn für einen anderen Hund, gleich welcher Rasse und welcher noch so noblen Herkunft eintauschen. Denn egal, wie sich die verschiedenen Merkmale auch auf sein Verhalten auswirken, er ist und bleibt unser Arthur und das wird sich auch niemals ändern.

Allein zu Hause

Arthur ist mittlerweile ein Hund, welchen man problemlos auch allein zu Hause lassen kann, ohne dass man Angst haben muss, dass die gesamte Inneneinrichtung zerlegt wird.

Aber auch Arthur hatte seine wie schon im Vorfeld genannte „Sturm- und Drangphase". Seine Zerstörungswut hielt sich aber auch in dieser Zeit, bis auf die genannten Hundespielzeuge, in Grenzen. Was man Arthur in diesem Zusammenhang aber sicherlich bestätigen kann, ist sein guter Geschmack und sein gutes Auge für doch eher hochwertigere und teure Dinge.

Dies sollte sich besonders an einem Abend mehr als deutlich zeigen.

Als wir an jenem Abend von Freunden zurückkamen, fanden wir unser Schuhregal unter der Garderobe nicht ganz so vor, wie es noch beim Verlassen der Wohnung ausgesehen hatte. Die Schuhe lagen kreuz und quer unter der Garderobe und ich muss es an dieser Stelle nochmal sagen, unser Hund hat ein gutes

Auge und einen guten Geschmack. Auf dem Regal standen neben vielen älteren und einfacheren Schuhen auch ein ungetragenes und somit neues, nicht ganz preiswerter Paar Schuhe von Tina.

Diese Schuhe wurden nie getragen!

Der Zustand, in dem sie sich nach unserer Rückkehr befanden, machten dies schlichtweg unmöglich. Alle anderen Schuhe wurden von Arthur völlig ignoriert, aber dieses neue Paar hatte wohl eine enorme Anziehungskraft auf unseren Arthur ausgeübt. Zum Glück war diese Aktion ein Einzelfall und die anderen kleineren „Zerstörungsorgien" hielten sich in Grenzen und hörten irgendwann ganz auf.

Gibt man Arthur aber eine Küchenrolle, eine Toilettenpapierrolle oder eine Plastikflasche, dann geht sie ab, die wilde Fahrt! Kommt er mal an eine volle Rolle Toilettenpapier, sieht es in der Wohnung aus, als hätte der Winter Einzug gehalten.

Mit diesen plötzlichen Wetterumschwüngen in der Wohnung können wir aber locker leben und es gibt größere Probleme als einen zusätzlichen Jahreszeitenwechsel.

Couch und Kuscheldecke

Kommen wir an dieser Stelle noch einmal kurz auf des Königs Ruhebereich auf der Couch zurück.

Egal wie oft Tina oder ich die Decken auf dem Sofa auch ausschütteln, glattziehen und vernünftig auf die Couch legen, Arthur hat da seine ganz eigene Vorstellung von einer gemütlichen Kuscheldecke.

Wir nennen es liebevoll den „Nestbau". Hierzu setzt Arthur sein gesamtes Können mit Schnauze und Pfoten ein. Es wird eine Art Schutzwall mit der Decke errichtet und sich dann mit dem ganzen Körper hineingekuschelt. Wenn Arthur die Decke dann verlässt, hat es wirklich die Form eines Vogelnestes.

Wenn die zweite Variation der Kuscheldeckengestaltung zum Tragen kommt, hat man den Eindruck, Arthur kann das Elend dieser Welt nicht mehr ertragen. Er verzieht sich dann komplett unter die Decke. Frei nach dem Motto: "Nichts sehen, nichts hören".

Wahrscheinlich schafft er sich mit dieser Art seinen ganz eigenen Rückzugsraum und das an jedem Ort.

Es reicht ein Plätzchen mit einer Kuscheldecke und unser Arthur kann die Welt um sich herum ausblenden und zur Ruhe kommen. Das ist etwas, was ich mir für mich selbst auch in so einer einfachen Form wünschen würde.

Der Teppich

Ich hatte ja bereits erwähnt, dass unser Arthur nicht unerheblich von seiner Neugier angetrieben wird. Das bezieht sich leider nicht nur auf die Erkundung von neuem und unbekanntem Terrain. Arthur hatte vor allem in jungen Jahren den Drang, na ich will nicht sagen alles, aber doch sehr vieles auf seine Essbarkeit zu testen. Da war es bei einer Tour durch die Stadt schon angebracht, den Blick nicht nur auf den Verkehr zu richten, sondern auch darauf, was Arthur so vor seine Schnauze kam. Ehe man sich versah, wurde es schon inhaliert. Das ging in den meisten Fällen gut aus und bereitet keine wirklichen Probleme. Das ein oder andere Mal wirkte es sich dann aber doch in größerem Maße auf Arthurs Magen aus. Es wurde dann nach nicht allzu langer Zeit wieder im Rückwärtsgang auf demselben Weg, auf dem es in den Körper gelangte, aus diesem entfernt. Um es hier mal klar und deutlich auszudrücken, Arthur hat gekotzt. Als Vorwarnung gab es lediglich ein seltsames, wie soll ich das beschreiben, würgendes Geräusch.

Dieses Geräusch war aber nach dem ersten Hören

unverkennbar. Somit gab es wenigstens ein Zeichen seinerseits, auch wenn hier die Vorwarnzeit extrem gering war.

An dieser Stelle muss ich jetzt aber auch mal ein kleines Lob aussprechen. Wenn wir mal von den anfänglichen Kotzattacken im Auto absehen, hat Arthur sich auch in diesen Situationen vorbildlich verhalten und uns das Leben in solchen Momenten echt erleichtert.

Wir haben von Anfang an und bis zum heutigen Tag vor unsere Garderobe einen kleinen Teppich liegen. Dieser Teppich hat verschiedene Funktionen. Für Arthur ist es wohl ein Bereich zwischen außerhalb und innerhalb der Wohnung. Man könnte fast meinen, eine Art angedeutete Schleuse.

Wann immer Arthur übel wird und er den Drang verspürt, sich erbrechen zu müssen, begibt er sich umgehend auf diesen kleinen Teppich und erst dort geht es dann los. Dabei ist es völlig egal, wo in der Wohnung er sich gerade befindet, auf der Couch, im Bett (auch nachts) oder in einem anderen Raum. Er macht sich auf den Weg zum Teppich und was soll ich sagen, ich kann mich nicht daran erinnern, dass er es mal nicht geschafft hat.

Ich habe ja eben die Schleusenfunktion des genannten Teppichs für Arthur erwähnt. Diese hat noch einen weiteren echt praktischen Nutzen. Arthur darf, wie ja nun mittlerweile bekannt sein dürfte, auf die Couch und auch ins Bett. Aus diesem Grund wird er des Öfteren, gerade in der nassen und kalten Jahreszeit nach dem Spaziergang, zumindest unter dem Bauch und an den Pfoten abgeduscht. Ja, unter dem Bauch! Er ist eben ein kleiner Hund und der Bauch wird somit bei Nässe und Schmutz wirklich immer in Mitleidenschaft gezogen.

Wenn wir also nach Hause kommen und ich Arthur das Halsband oder das Geschirr abgenommen habe, wartet er auf dem Teppich, bis ich soweit bin und mit ihm in Richtung Badezimmer gehen kann.

Unwichtig wie lange es dauert, er wartet. Gut, ich habe es natürlich noch nicht getestet, ihn wirklich Stunden dort sitzen zu lassen. Ich nehme an, irgendwann wird es selbst ihm zu blöd werden und er wird den Teppich auch ohne meine Aufforderung verlassen.

Andererseits ist es schon passiert, dass ich, nachdem ich meine Jacke an die Garderobe gehängt und die

Schuhe weggestellt hatte, zu Tina in die Küche gegangen bin und wir haben angefangen uns zu unterhalten. Plötzlich fragte sie dann nach Arthur und bei einem Blick in den Flur saß unser in dieser Hinsicht wirklich braver kleiner Kerl immer noch auf dem Teppich und wartete auf meine „Freigabe".

Zur Beruhigung aller sei hier aber gesagt, dass das wirklich so gut wie nie vorkommt.

Wenn man Arthur dann von der Badezimmertür aus ruft, flitzt er ins Bad und nach einem kurzen auffordernden "Hopp" springt er in die Wanne und los geht's. Mit zunehmendem Alter wird er aber nun immer häufiger in die Wanne gehoben, aber auch das ist für ihn und uns kein Problem.

Zauberei und Hypnose

Es gibt die verschiedensten Arten von Zauberern und die damit verbundenen Formen der Magie. Es gibt, denn Zauberkasten für die kleinen Zauberer im Grundschulalter. Dann gibt es Zauberkurse für Anfänger und Fortgeschrittene. Die Zauberer auf den vielen Kleinkunstbühnen und dann gibt es da natürlich die ganz großen Magier mit ihren absoluten Megashows weltweit. Ich selbst hatte nie eine wirkliche Begabung für Magie, hab es aber auch nie wirklich ernsthaft versucht. Ich muss aber zugeben, es gibt da schon den ein oder anderen Trick, der mich fasziniert, und so manche Show, die ich echt cool finde.

Was ich zwar manchmal interessant finde, mich aber nie wirklich dafür begeistern konnte, war Hypnose. Leute, die nach kurzer Zeit in Trance fallen, dann gackern wie ein Huhn oder ähnliche meist blöde Dinge tun. Andere führen dann nach dem Hören eines bestimmten Codewortes Dinge aus, welche sie im normalen Leben nie tun würden.

Hypnose wird aber auch für ernsthafte und für den Menschen hilfreiche Dinge eingesetzt und dient somit nicht nur zur Unterhaltung oder Belustigung.

Nie hätte ich jedoch gedacht, dass mit Arthur auch die Hypnose Einzug in mein Leben halten würde.

Natürlich benötigt Arthur für seine Hypnose keine große Bühne, tolle Effekte oder gar eine sexy Assistentin.

Nein, Arthur versucht das regelmäßig und ohne jeglichen Schnick-Schnack ganz allein.

Wenn es gut läuft, finden sein Shows auch mehrmals am Tag statt und der Auslöser ist weder ein Countdown noch eine entsprechende Ansage. Es genügt nur ein winziges Detail.

Man hat etwas Essbares in der Hand, auf dem Teller, es raschelt etwas in der Küche oder die Kühlschranktür wird geöffnet.

Arthur steht, sitzt oder liegt vor einem und sein Blick bohrt sich einem entgegen. Ohne Blinzeln, ohne eine Bewegung der Augen versucht er sein Gegenüber mit Blickkontakt und reiner Willenskraft in die Knie zu zwingen.

Natürlich will er einen nicht tatsächlich in die Knie zwingen. Er will einfach nur das, was sich in der Hand oder auf dem Teller befindet.

Der Blick ist manchmal echt beeindruckend.

Schafft er es damit, sein „Opfer" zu hypnotisieren?

Sagen wir mal so, sehr oft gelangt er an sein Ziel. Die Entscheidung, ob das nun wirklich an seinen hypnotischen Fähigkeiten oder einfach an seinem niedlichen Blick und seiner in diesem Moment unwiderstehlichen Art liegt, bleibt hier mal ungeklärt.

Leckerlis

Wir wissen ja nun schon, dass Arthur einem mit seinem Blick das Essen aus der Hand oder vom Teller zaubern kann. Es ist natürlich auch nicht weiter verwunderlich, dass Arthur generell für Essbares jeglicher Art und Konsistenz zu haben ist. Für Leckerlis würde er fast alles machen. Dies ist nicht unbedingt ein Nachteil und hat uns auch schon das ein oder andere Mal geholfen. Oft haben Leckerlis Arthur dazu gebracht, die von uns gewünschten Handlungen in dem Moment zu vollziehen in dem wir sie gefordert haben.

Denn wie schon erwähnt, der Dickkopf des Shih Tzu macht uns doch manchmal das Leben schwer und da ist ein hilfreiches Leckerli gerne willkommen.

Es erstaunt mich jedoch immer wieder, wie schnell Arthur für ein wenig Mampf seine sonst oft von Ignoranz geprägten Prinzipien über Bord wirft.

Vielleicht sollte ich das auch mal bei Tina ausprobieren. Wenn es mit den Leckerlis für sie nicht funktioniert, kann ich ja immer noch Arthurs niedlichen

Hypnoseblick aufsetzen und damit mein Glück versuchen.

Schließlich kann auch das Herrchen noch was lernen!

Bleiben wir noch eine kleine Weile beim Thema Essen und bei einer Sache, welche unweigerlich damit zu tun hat.

Die Figur

Arthur hat ja nun mal auch einen Teil Mops in seinen Genen und das ist jetzt auch deutlich sichtbar.

Aber seien wir doch ehrlich, jeder sollte sich in seinem Körper wohlfühlen und sich so nehmen, wie er nun mal ist. Aber aus gesundheitlichen Gründen ist es eben manchmal erforderlich, sein Körpergewicht etwas zu reduzieren und wer mich kennt, der weiß, dass auch ich mit dem Gewicht so meine Probleme habe und nicht gerade der Schmalste bin.

Ich habe schon so einige Male mit Hilfe von Diäten versucht, Gewicht zu reduzieren, und es auch mehrfach geschafft. Der JoJo-Effekt hat natürlich auch immer mal wieder zugeschlagen. Letztendlich habe ich mein Gewicht bis zu einem gewissen Punkt verringert und versuche dies jetzt zu halten. Ich werde aber in der Zukunft sicherlich noch einen Versuch starten, die Kilos weiter zu reduzieren.

Eins habe ich aber gelernt, man sollte sich wohlfühlen, so wie man ist! Will man jedoch andererseits Gewicht reduzieren, fängt das ganz klar im Kopf an und geht dann nur mit Umstellung der Ernährung, weniger essen und Bewegung jeglicher Art.

Auch bei Arthur war es laut Aussage des Tierarztes erforderlich, ein wenig Gewicht zu reduzieren, damit es seinen Knochen auch im Alter noch gut geht. Ab diesem Zeitpunkt wurde ein spezielles Futter bestellt, welches nur mit Erlaubnis des Tierarztes gekauft werden kann. Auch die bereits erwähnten Leckerlis bestehen lediglich aus diesem Hundefutter und bisher funktioniert das echt gut.

Arthur und ich gehen also in gewisser Weise beide zusammen auf unsere Art figurbetont durchs Leben und wer mich kennt, wird mir recht geben: „Ich mit einem Windhund, dass sähe schon komisch aus!"

Hund und Herrchen sollten schon zusammenpassen, denn wie in so vielen anderen Situationen ist es das Gesamtbild, was optisch funktionieren muss.

Äußerlich passt das bei uns also schon mal ganz gut.

Hund und Herrchen

Die körperliche Verbundenheit von Arthur und mir haben wir nun also geklärt. Kommen wir jetzt zu einigen anderen gemeinsamen Eigenschaften und Verhaltensweisen.

Arthur und ich machen gerade am Wochenende gemeinsame, ausgedehnteren Spaziergänge bei uns in den Fuldawiesen, im Wald und in der Umgebung. Das Wetter ist uns dabei fast egal. Ok, bei so einem richtigen Sturm wird die Strecke natürlich verkürzt und nur der notwendigste Weg zum Pipi machen abgelaufen.

Zu Hause dann wird es umgehend gemütlich. Im Sommer oft auf dem Balkon, um sich die Sonne auf den Bauch scheinen zu lassen. Arthur sein kühles Wässerchen und ich mit Käffchen oder zu späterer Stunde mit einen schönen Gin Tonic. Im Herbst gemeinsam auf der Couch. Einen guten Film, eine Serie schauen oder ein Buch lesen. Da liegen Arthur und ich absolut auf der gleichen Wellenlänge. Gut, dass mit dem Buch ist dann mehr so mein Ding.

Beim gemütlichen Einkuscheln, wenn draußen so richtig schlechtes Wetter ist, geben wir aber gemeinsam einfach alles.

Wir sind beide auch nicht gerne allein zu Hause. Bei Arthur ist es leider oft nicht anders möglich, da Tina und ich auch noch unseren Berufen nachgehen müssen. Denn ohne Arbeit kein Geld und ohne Geld keine schöne Freizeitgestaltung. Wobei ich hier wirklich auch die „normalen" und nicht irgendwelche riesigen Dinge meine. Aber auch, um ein Buch zu kaufen, mal ein Eis essen zu gehen, in den Urlaub zu fahren, seinem Hobby nachzugehen oder für so viele andere Dinge benötigt man eben das nötige Geld.

Wenn einer von uns allein zu Hause ist, folgt uns Arthur die meiste Zeit in das Zimmer, in welchem sich gerade das Leben abspielt. Wohnzimmer, Küche, ja sogar ins Badezimmer folgt er uns. Er sitzt dann oft vor der Dusche oder wenn die Badezimmertür zu ist, vor der Tür und wartet.

Ganz so schlimm ist es dann bei mir nicht. Wenn Tina Spätschicht hat und wir uns zwischen ihrem Arbeitsanfang und meinem Feierabend nur ein paar Minuten sehen, finde ich das nicht so toll und die ganze Woche die Abende allein zu Hause zu verbringen, macht nicht wirklich Spaß.

Aber was soll's, auch diese Abende gehen vorbei und andere Pärchen sind da sicherlich durch ihre Arbeitsplätze weitaus länger voneinander getrennt. Somit ist das bei uns eigentlich nicht der Rede wert.

So richtig allein bin ich dann doch wieder nicht. Auch wenn er mich des Öfteren ignoriert, ist Arthur doch da und teilt an diesen Abenden die Couch mit mir.

Eine weitere Gemeinsamkeit ist sicherlich, dass wir beide auch so richtig schön beleidigt sein können. Das können wir dann auch echt gut durch unser Verhalten zum Ausdruck bringen. Aber genauso schnell, wie wir beleidigt sind, genauso schnell ist diese Phase dann auch wieder verflogen und so richtig nachtragend sind wir beide nicht. Da müsste schon was ausgesprochen Heftiges passieren und das kommt zum Glück wirklich so gut wie nie vor.

Aber in unserem gemeinsamen Leben geht es ja schließlich nicht nur um uns zwei. Nein, da gibt es ja auch noch Tina! Was soll ich sagen, auch sie passt da einfach perfekt in das genannte Gesamtbild.

Anders gesagt, Tina und ich ergänzen uns absolut super. Manchmal ist das sogar schon ein wenig unheimlich.

2 %

Arthur ist wirklich ein lieber kleiner Kerl. Auf Menschen geht er immer freudig, wenn auch manchmal etwas ungestüm, zu.

Die ungestüme Art ist aber niemals böse oder aggressiv. Auch mit anderen Hunden kommt Arthur zu, na ich würde sagen zu 98% gut aus und sein Spieldrang gewinnt hier fast immer die Oberhand.

Es gibt da aber eben auch noch diese verbleibenden 2 %. Die treten glücklicherweise nur sehr selten auf. Wenn es dann mal soweit ist, kündigen sie sich meist im Vorfeld an und man kann entsprechend reagieren.

Besonders mit einem Hund aus unserer ehemaligen Nachbarschaft kam Arthur dann auch so gar nicht gut aus.

Nennen wir ihn hier einfach nur „Hund". Besagter „Hund" wohnte mit seinem Herrchen ein paar Häuser weiter die Straße hoch und das war gut so. Denn wenn „Hund" direkt nebenan gewohnt hätte, wäre

Arthurs ruhige und gemütliche Zeit auf dem Balkon so nicht möglich gewesen und die Möglichkeit seinen Bauch gemütlich von der Sonne wärmen zu lassen, wäre wohl ebenfalls nicht gegeben gewesen.

Wenn „Hund" in seinem Garten war und sich in der Entfernung bemerkbar machte, stellten sich bei Arthur bereits die Nackenhaare auf; er versetzte seinen ganzen Körper ins Achtung und gab dann auch eine lautstarke Antwort.

Spaziergänge in Richtung Wald führten in dieser Zeit auch oft am Grundstück von „Hund" vorbei.

Das war nicht angenehm. Man muss dazu sagen, dass das Grundstück zur Straße hin durch einen Holzzaun abgetrennt wird. Wenn wir mit Arthur auch nur in die Nähe des Grundstücks gekommen sind, hat das Theater in einer Lautstärke angefangen, welche einen zusammenzucken ließ. „Hund" ging dann voll ab und der Zaun begann sich wie im Sturm hin und her zu bewegen. Tina hat diesen Weg zusammen mit Arthur schon gar nicht mehr eingeschlagen, weil sie echt Angst hatte, der Zaun würde irgendwann mal nachgeben und „Hund" würde dann ohne Leine vor ihr und Arthur stehen.

Eines Abends war ich in der Dämmerung gerade mit Arthur zur letzten Runde unterwegs. Da kam „Hund" uns ohne Leine und ohne sein Herrchen in vollem Lauf entgegen. Na gut, sein Herrchen kam hinter ihm die Straße entlang gerannt und versuchte, ihn rufend zu stoppen.

Ich muss zugeben, die ganze Sache war mir nicht ganz geheuer und ich wusste im ersten Moment nicht, wie ich mich verhalten sollte.

„Hund" reagierte nicht auf die Rufe seines Herrschens, bremste also nicht wirklich ab. Arthur ging an der Leine in geduckte „Verteidigungsposition" und ich suchte mir einen möglichst festen Stand. Ich bereitete mich auf den Einschlag und auf das, was danach folgen würde vor.

Als „Hund" schließlich kurz vor seinem Herrchen bei uns ankam, war es dann nicht ganz so schlimm, wie erwartet. Er ging nicht auf Arthur los. Kurz nach ihm kam sein Herrchen an, zog „Hund" am Halsband von uns weg, bevor der Kontakt mit Arthur intensiver werden konnte.

Das war bisher die einzige, wirklich körpernahe Begegnung zwischen „Hund" und Arthur.

An der gegenseitigen Abneigung hat sich aber weiterhin nichts geändert. Auch der Zaun begann sich weiterhin wie im Sturm zu bewegen, wenn wir mit Arthur auf der Straße das besagte Grundstück passierten.

Es sei jetzt hier aber auch noch erwähnt, dass Arthur auf Höhe des Grundstücks lautstark geantwortet hat und wir ihn mit schnellen Schritten, Bestimmtheit und starkem Zug an der Leine am Grundstück vorbeibringen mussten.

Sonst haben wir nur sehr selten solche Erfahrungen mit anderen Hunden. Arthur geht bisher in den meisten Fällen an den Zeitgenossen, welche ihn oder welche er nicht leiden kann, mehr oder weniger gelassen vorbei.

Natürlich bekommt er dabei ein bisschen Hilfsstellung von uns, denn 2 % bleiben eben auch bei Arthur 2 %.

Herzensbrecher

Ging es eben noch um die Begegnung mit anderen Hunden, so begegnet Arthur eben ab und an auch anderen Menschen. In der Stadt, beim Spazierengehen in den Fuldawiesen, im Urlaub und noch bei so vielen anderen alltäglichen Gelegenheiten.

Hier kann unser Arthur ein richtiger kleiner Herzensbrecher sein. Er schaut die Leute mit seinem kleinen hübschen Köpfchen an und schon zaubert er ihnen in den meisten Fällen ein Lächeln ins Gesicht.

Im weiteren Verlauf gibt es dann nur zwei Möglichkeiten:

1. Arthur ignoriert die Leute und geht ohne sie eines weiteren Blickes zu würdigen an ihnen vorbei und seines Weges.

2. Arthur geht auf die Leute zu, will mit ihnen spielen und leider springt er dann auch oft an ihnen hoch. Das Hochspringen versuchen wir natürlich zu unterbinden, was nicht immer so ganz funktioniert.

Arthur hat mittlerweile auch gelernt, sich ruhig zu verhalten und sich ein Plätzchen z.B. unter dem Tisch zu suchen, wenn wir mal unterwegs sind. Leider lässt er sich dann auch des Öfteren dazu animieren, dieses Verhalten aufzugeben. Aber was soll ich sagen, er lernt immer mehr Ablenkungen jeglicher Art zu ignorieren und sich in diesen Situationen auf sich selbst zu konzentrieren.

Mal ehrlich, wir wollen keinen Arthur ohne Ecken und Kanten, ohne eigenen Willen, ohne seinen kleinen Dickkopf und ebenso wenig ohne sein großes Herz, seine Zuneigung und seine allgegenwärtige Freundlichkeit.

Einkaufen

Beim Einkaufen kann Arthur nicht immer mit. In so manchen kleineren Läden ist es ja möglich, seinen vierbeinigen Begleiter mitzunehmen, aber in den meisten Fällen und speziell in großen Supermärkten geht das verständlicherweise nicht.

Dort wo Arthur mit hinein kann, benimmt es sich eigentlich immer, mit der ein oder anderen kleinen Hilfestellung unsererseits, vorbildlich.

Aber gerade bei dem, meist am Freitag anstehenden, Wocheneinkauf bleibt er dann zu Hause und wartet geduldig auf unsere Rückkehr.

Vielleicht aber auch nur auf das, was wir für Ihn mitgebracht haben. Sobald die Tür aufgeht und die vollgepackten Einkaufstaschen im Flur stehen, erscheint Arthur, egal wo er sich gerade aufgehalten hat, auf der Bildfläche und beginnt die königliche Inspektion. Er steckt dann auf seine unnachahmliche Art seine Nase in alle Taschen und Tüten und beobachtet das Auspacken der Einkäufe mit wohlwollendem Blick.

Der Anhänger

Tina und ich fahren gerne Fahrrad und somit stehen in der warmen Jahreszeit auch immer einige Touren an. Vor ca. fünf Jahren haben wir uns dann auch E-Bikes zugelegt. Mit meinem kaputten Bein waren damit auch wieder längere Strecken möglich. Das Fahren bekam wieder eine völlig andere Wertigkeit.

In der Anfangszeit wurde mein Bike dann von einem jüngeren Kollegen als Rentnerdrohne bezeichnet. Wenn ich allerdings die heutigen E-Bikes sehe: Tourenräder, Mountainbikes usw. dann hat das ja wohl so gar nichts mit Rentnerdrohnen zu tun.

Da es Arthur nicht selbst möglich ist Fahrrad zu fahren, musste eine andere Lösung gefunden werden.

Als wir Arthur zu uns geholt haben, waren wir an diesem Abend zum Grillen bei Freunden eingeladen und Arthur wurde kurzerhand in das Körbchen vorne am Lenker von Tina gesetzt.

Aus den im Vorfeld bereits genannten Gründen kommt das Körbchen nun nicht mehr in Frage.

Er passt mit seinem elfengleichen Körperbau nicht mehr hinein und selbst wenn, wäre ein Lenken dann sicherlich nur noch unter erschwerten Bedingungen möglich oder das Körbchen würde mit einem lauten Knacken den Lenker in Richtung Boden verlassen.

Längere Touren ohne Arthur zu machen und ihn dann allein zu Hause zu lassen, kam aber auch nicht in Frage. Natürlich sind wir auch ab und zu kurz ohne die kleine Fellnase unterwegs, aber ansonsten sollte er uns natürlich auch bei den Radtouren begleiten.

Also hat Arthur jetzt seinen ganz eigenen Anhänger und ich eine kleine Anhängerkupplung am Fahrrad. Anfangs war es nicht ganz einfach, Arthur in den Anhänger zu bekommen und es war eine Menge Überredungskunst, wohlwollende Worte und das Locken mit dem ein oder anderen Leckerli erforderlich.

Jetzt ist das kein Problem mehr und das Ein- und Aussteigen funktioniert fast wie von selbst. Im Anhänger selbst wird Arthur gesichert, so wie sich das gehört.

Nun könnte er sich gemütlich hinlegen und die Aussicht genießen.

Was soll ich sagen? Es ist eben Arthur und das wäre ja dann doch zu einfach. Er geht so weit wie möglich nach vorn in Richtung Hinterreifen des Rades und wenn er nicht gesichert wäre, würde er sicherlich aus dem Anhänger fallen. Er war schon so weit vorne, dass seine Pfötchen außerhalb des Anhängers auf dem Außengestell gestanden haben und seine Nase das Schutzblech des Hinterrades berührt hat. Seine Ohren flattern dann im Fahrtwind und er ist auch nur sehr schwer dazu zu bewegen, es sich im Anhänger wirklich bequem zu machen.

An sich hat er keine Angst vor der Fahrt im Anhänger, er hat eben nur seine ganz eigene Vorstellung, wie man ihn nutzt.

Er findet es auch super, wenn Tina mit ihrem Fahrrad in seinem Blickfeld oder direkt neben ihm fährt. Das funktioniert nicht immer und dann kommt es auch schon vor, dass unser Arthur sich durch eindringliches Jaulen zu Wort meldet.

Bei einer sommerlichen Tour machte Arthur sich über einen längeren Zeitraum bemerkbar und wurde mit der Zeit immer lauter. Leider haben wir dies an dieser Stelle falsch gedeutet.

Als wir dann schließlich angehalten und Arthur aus dem Anhänger gelassen hatten, sahen wir das Malheur. Arthur hatte wohl großes Bauchgrummeln und musste sehr dringend. Da wir nicht auf ihn gehört hatten, blieb ihm keine andere Wahl, als die Angelegenheit im Anhänger zu erledigen. Das war total gegen sein sonstiges Verhalten.

Wir konnten nun nicht böse sein, denn wir waren an der ganzen Sache ja nicht ganz unschuldig. Wir hatten sein lautstarkes Verhalten eben völlig falsch eingeschätzt und gedeutet. Die Sache war schnell behoben. Der Anhänger wurde noch vor Ort gereinigt und das betroffene Handtuch wurde fachmännisch entsorgt.

Der Herr der Halsbänder

Wir befinden uns hier nicht im Reich der Fantasyliteratur und die genannten Halsbänder haben auch nicht wirklich machtvolle Eigenschaften. Arthur besitzt oder hat im Laufe der Zeit so einige besessen. Erwähnt sei hier nur das Superhelden Halsband mit den entsprechenden Anhängern, das blaue Halsband von der See, seine Leuchthalsbänder für die dunkle Jahreszeit oder die verschiedensten Geschirre. Sie alle haben Arthur im Laufe der Zeit ein Stück auf seinem Weg begleitet. Arthur hat über die Jahre schon eine ordentliche Sammlung angehäuft. Natürlich haben die Halsbänder ihm nicht, wie schon gesagt, wirkliche Macht über uns verliehen. Um Macht über uns zu haben, sind für Arthur weder Halsbänder noch andere Hilfsmittel erforderlich. Der richtige Blick reichte da völlig aus. Die „Macht" war des Öfteren mit Arthur und man hat den Eindruck, er weiß genau, wie er diese einsetzten kann.

Schönwetterhund

Wir kennen das ja alle, bei schönem Wetter fallen einem Outdooraktivitäten sehr leicht. Man ist sehr gerne im Freien unterwegs, wenn einem die Sonne aufs Gesicht scheint. Genauso geht es unserem Arthur. Bei schönem Wetter sucht er in der Wohnung und auf dem Balkon den warmen Sonnenschein. Natürlich liebt er es somit auch bei schönem Wetter und Sonnenschein mit uns unterwegs zu sein. Seine Umwelt zu erkunden und zu erforschen. Auch bei herbstlichem Wetter ist er gerne mit uns unterwegs und es macht ihm auch nichts aus, wenn die Sonne mal nicht in ihrer ganzen Pracht am Himmel steht.

Selbst im Schnee fühlt er sich wohl und hat hier seinen Spaß.

Wenn es allerdings regnet, dann sieht die Sache ganz anders aus.

Schon von seinem gemütlichen Platz auf der Couch schaut er sich den Regen an und man meint an seinen Augen ablesen zu können, was er denkt: „Jetzt nur nicht raus, nur nicht raus!!!"

Aber auch bei Regen muss man eben mal ins Freie, auch wenn er dann oft nur sehr schwer von seinem gemütlichen Plätzchen wegzubewegen ist.

Die zweite Hürde ist dann oft die Haustür. Arthur bleibt in der offenen Tür stehen, schaut nach draußen und mich mit fragendem Blick an, als wollte er sagen: „Alter, ist das jetzt echt dein Ernst?"

Aber letztendlich geht er dann mit. Nach einer kurzen Runde zieht es ihn aber sofort, nachdem er sein Geschäft verrichtet hat, sehr zielstrebig wieder auf sein gemütliches Plätzchen.

Steht bei schlechtem Wetter eine größere Tour an, geht das aber auch. Denn sind wir erstmal ein Stück unterwegs, ist Arthur auch bei solchen Bedingungen gern mit uns zusammen unterwegs. Sein Tatendrang nimmt dann langsam Fahrt auf. Er mag den Schlamm, die Pfützen und ist nach einiger Zeit nicht mehr zu halten.

Bei richtig stürmischem Wind und Starkregen, also so richtigem ekligen Mistwetter, werden von uns allen natürlich nur sehr kurze Gänge absolviert.

Wir alle mögen dann lieber unser gemütliches Plätzchen auf der Couch.

Träume

Arthur schläft auch gerne und oft. Besonders auf der Couch oder im Bett, wenn er sich auf seine unnachahmliche Art in die dort vorhandenen Decken kuschelt oder sagen wir fast schon eingegraben hat.

Er schläft die meiste Zeit sehr ruhig, oft mit dem Kopf auf seinen Pfötchen oder auch alle vier Beine von sich gestreckt. Manchmal schläft er sogar mit offenen Augen und dann ist es nicht immer gleich zu sehen, ob er tatsächlich schläft oder wach ist.

Träume!

Jeder von uns hat sie. Manchmal kann man sich an sie erinnern und manchmal eben auch nicht. Oft sind sie intensiv und manchmal auch nichtssagend. Oft haben sie mit der Realität zu tun oder sind reine Fantasiegebilde.

Auch unser Arthur träumt! Seine Augenlider bewegen sich dann ebenso wie seine Pfötchen. Sie zucken regelrecht und es sind auch kurze fiepsende oder jaulende Laute zu hören.

Seine Träume kann er uns nicht erzählen und auch sein Verhalten nach dem Aufwachen lässt nicht auf die Art des Traumes schließen. Ein guter Traum, ein schlechter Traum, reine Fantasie oder etwas aus seinem Leben. Träumt er von großen Leckerlis, von Erkundungstouren in der Natur, vom Spielen mit anderen Artgenossen oder von Dingen, welche er in seinem Leben nie erleben wird?

Wir werden wohl nie erfahren, was unseren kleinen Arthur in seinen Träumen beschäftigt.

Bein, Fahrten und Familie

Ich möchte an dieser Stelle nochmal auf Arthurs Bein zurückkommen. Das Problem hat uns erneut eingeholt.

Es ging mehrfach zum Arzt, es wurde untersucht, Röntgenbilder gemacht und schließlich stand es augenscheinlich fest: Eine Operation ist wohl unumgänglich.

Wir wurden somit von unserem Tierarzt an eine entsprechend spezialisierte Tierklinik überwiesen.

Mit dem Auto wurden so einige Kilometer zurückgelegt und eine erneute Untersuchung stand an.

Wir wurden hier sehr gut über die Verletzung und die Heilungsalternativen informiert. So entschlossen wir uns zu einer nicht unbedingt kostengünstigen Operation, um für Arthur das Leben wieder lebenswerter und auch schmerzfreier zu gestalten.

Wie das im Leben nun mal so ist, für alles hat man Versicherungen, so auch für Arthur. Nur eine

OP-Versicherung haben wir immer wieder vor uns hergeschoben und nun war es eben zu spät.

Eigentlich hatten wir nach unserem Umzug einen Kurztrip nach Hamburg mit dem Besuch verschiedener Musicals geplant. Aber da es uns wie allen Menschen geht und man jeden Euro nur einmal ausgeben kann, mussten hier nun andere Überlegungen angestellt werden.

Nein, eigentlich waren hier gar keine Überlegungen nötig. Es war von Anfang an und sofort klar, wer hier Priorität hat: Arthur!

Also wurde die geplante Operation in den Urlaubszeitraum der eigentlichen Fahrt nach Hamburg gelegt, damit man in den ersten Tagen nach der Operation Zeit für die kleine Fellnase hat und sich um ihn kümmern konnte. Das Hotel wurde storniert, die Musicalkarten teilweise verkauft oder, wenn es möglich war, auf einen späteren Zeitraum umgebucht.

Das Absagen des Kurzurlaubes war im ersten Moment für uns echt blöd, aber eine andere Entscheidung als für die Gesundheit von Arthur stand nie zur Debatte.

Da Arthur sich nach der Operation nicht so viel bewegen und schon gar nicht springen sollte, wurde eine Box für ihn gekauft. Es wurde natürlich auch versucht, ihn im Vorfeld an diese Box zu gewöhnen. Dies stellte sich aber als nicht so einfach heraus. Solange wir in der Wohnung waren, hat alles gut geklappt, aber wenn nicht, ging das wilde Gekratze und Gebelle los. Es wurden somit von uns die verschiedensten Möglichkeiten zur Bewältigung der Zeit nach der Operation in Betracht gezogen und durchgespielt.

Letztendlich hatten wir dann eine für uns und hoffentlich auch für Arthur akzeptable und durchführbare Lösung gefunden.

Unser Urlaub begann und der Termin für die Operation war gekommen.

Wir machten uns früh morgens auf den Weg, denn die Operation war schon für 8:30 Uhr angesetzt.

Nach der Ankunft wurde Arthur wieder untersucht. Es wurde Rücksprache mit einer zweiten Ärztin gehalten, sein Gang wurde erneut begutachtet und schließlich wurden abermals neue Röntgenbilder angefertigt.

In dem darauffolgenden Gespräch teilte uns der Arzt mit, dass er in der momentanen Situation nun doch von einer Operation abraten würde. Wenn Arthur sein Hund wäre, würde er ihn zumindest im Moment nicht operieren.

Gegen die Arthrose bei Arthur könne man operativ nichts tun, das Kreuzband mache Ihm zumindest im Moment noch keine allzu großen Probleme und mit einer Operation könne man die Sache auch „verschlimmbessern".

Wir sollten in zeitlichen Abständen Filmaufnahmen von Arthurs Gang machen und uns melden, wenn sich die Sache verschlechtert. Des Weiteren sollten wir Arthur Omega 3 Fettsäuren geben, welche hilfreich seien. Wir sollten auch über eine eventuelle Physiotherapie nachdenken, um die Operation so weit wie möglich zu verzögern oder gar ganz auszuschließen.

Also sind wir ohne durchgeführte Operation wieder nach Hause gefahren und waren trotz des abgesagten Kurzurlaubes froh, dass Arthur zumindest vorläufig die Operation erspart geblieben ist.

Alles weitere wird die Zeit bringen.

Tierpark und eifersüchtige Blicke

Ein Ausflugsziel, welches wir mittlerweile mehrmals
im Jahr gemeinsam mit Arthur besuchen, ist ein Tierpark, in dem auch Hunde herzlich willkommen sind.
Wir besuchen die Tiere im Park zu den verschiedensten Jahreszeiten und oft auch bei den unterschiedlichsten Wetterlagen. Arthur liebt die Spaziergänge
im Tierpark. Er schaut, man könnte schon fast sagen
mit großer Begeisterung, in die einzelnen Tiergehege.
Bei den Wölfen meint man sogar, einen gesunden
Respekt zu erkennen. Wir drehen dort immer unsere
große Runde. Irgendwie wird es nie langweilig und
immer gibt etwas Neues bei den Tieren zu entdecken.
So sehr Arthur unsere Besuche im Tierpark auch zu
schätzen scheint, so fällt doch bei einigen Tieren eine
etwas anderes Verhalten seinerseits auf. Besonders
dort, wo ein Kontakt zu den Tieren möglich ist. Das
kann natürlich auch eine reine Interpretation unsererseits sein. Der Begriff Eifersucht passt hier aber schon
irgendwie. Sein Blick trifft uns dann und durchbohrt
uns geradezu.

Er bringt damit unmissverständlich zum Ausdruck, wer hier zu wem gehört und wer hier wieder mit uns nach Hause kommt. Arthur schafft es dann schon fast, einem ein schlechtes Gewissen zu machen und man wendet sich unweigerlich in seine Richtung. Er sucht auch zeitweise Kontakt zu den anderen Tieren, natürlich nur zu den freundlichen. Am Zaun wird dann versucht, Blickkontakt herzustellen und ab und zu, so hat es zumindest für uns den Anschein, wird dieser auch kurz erwidert. Unsere Ausflüge und Spaziergänge im Tierpark sind jedenfalls immer eine großartige Sache und das zu jeder Jahreszeit.

Das Alter und ein neuer Anhänger

Das unser Arthur so seine Probleme mit den Beinen hat, habe ich ja bereits erwähnt, auch wenn die Operation bis zum heutigen Tag nicht nötig gewesen ist. Arthur sind die vorhandenen Beschwerden doch immer wieder mal anzusehen. Weiterhin fordert das zunehmende Alter von Arthur seinen Tribut. Nach langen Spaziergängen, die er immer noch gerne und voller Freunde macht, ist ihm die Müdigkeit deutlich anzusehen und er sucht sich sein wohlverdientes Ruheplätzchen auf dem Sofa. Die täglichen Lachsölkapseln und die „Chews" tun hier gute Dienste. Eine Tablette gegen seine Schmerzen ist wirklich nur sehr selten und in absoluten Ausnahmefällen nötig. Mit seinem zunehmenden Alter haben wir jedoch auch das Gefühl, dass unser Arthur des Öfteren auch von dem Trubel um ihn herum, von vielen Menschen, gleichzeitigen Eindrücken, Gerüchen, Geräuschen und allgemein von dem, was da gleichzeitig um ihn herum passiert, überfordert ist. Er wirkt dann weniger aufnahmefähig, wird unruhiger und man merkt an seinem Verhalten und seinen Augen, dass es ihm hier zu turbulent wird. Die Erschöpfung ist ihm dann anzusehen.

Arthurs Fahrradanhänger musste erneuert werden und aufgrund der eben genannten Lage entschieden wir uns für ein Modell, was auch als „Sporthundewagen", also mit einem zusätzlichen Rad wie ein Kinderwagen genutzt werden kann.

Wir hatten dies bei anderen Hunden schon oft gesehen und gerade im Urlaub am Gardasee ist es uns vermehrt aufgefallen. Besonders dort, wo großer Trubel herrschte.

Zugegeben, beim Test auf dem Hof war es anfangs schon etwas seltsam, Arthur wie in einem Kinderwagen vor uns her zu schieben. Ich denke auch, dass dies nur selten vorkommen wird. Denn Arthur liebt es ja, bei unseren Ausflügen und Spaziergängen die Umgebung zu erkunden. Das wollen wir ihm natürlich nicht nehmen.

Sollten Trubel und Hektik jedoch überhandnehmen, bietet der Wagen aber einen guten Rückzugsraum für Arthur und für uns die Möglichkeit, so einiges auf unseren Ausflügen mitzunehmen.

In erster Linie nutzen wir den Anhänger natürlich wie geplant für unsere Fahrradtouren, die ohne unseren Arthur nur halb so viel Spaß machen würden.

Es sei an dieser Stelle noch erwähnt, dass das Alter sich auch äußerlich bei Arthur bemerkbar macht. Die grauen Haare werden mehr, was sein Aussehen aber nicht weniger liebenswert macht. Man sieht ihm hier schon deutlich die Jahre an. Sein Gesicht und seine Augen zeigen mir aber immer noch den kleinen Kerl, den ich aus dem Gehege gefischt habe und der seinen Kopf sofort freundlich an mich geschmiegt hat. Sie zeigen aber eben mit zunehmendem Alter auch Müdigkeit und die Notwendigkeit von Ruhe. Das macht mir manchmal schon Angst, denn irgendwie kann ich mir eine Zeit ohne den kleinen Kerl im Moment nicht vorstellen.

Zeit ist allgegenwärtig

Zeit…wieder ist da dieses Wort, welches uns doch alle beschäftigt. Wir alle haben nur eine begrenzte Zeit auf dieser Welt und damit auch nur eine begrenzte Zeit mit den Menschen die wir lieben.

Die Zeit vergeht oftmals viel zu schnell und manchmal viel zu langsam, aber eines ist sicher…die Zeit vergeht unaufhaltsam und lässt sich für keinen von uns anhalten oder gar umkehren.

Damit ist das Schönste, was man schenken kann gemeinsame Zeit, denn damit schenkt man ein Stück seines Lebens. Das gilt für die Menschen, aber auch für die tierischen Begleiter, die unseren Lebensweg kreuzen, uns einen Teil des Weges begleiten und somit auch oftmals einen nicht unerheblichen Einfluss auf den Verlauf unseres Lebens haben.

Wie bereits erwähnt, sie begleiten Euch nur auf einem Abschnitt des Lebens, aber für sie seid Ihr der wichtigste Teil Ihrer gesamten Lebensspanne. Bitte vergesst das auch in den schweren Zeiten nicht. Eine falsch getroffene Entscheidung kann man hierbei, wie so oft im Leben, nicht immer wieder korrigieren oder rückgängig machen.

Hund und Herz

Damals bei meinem Goldfisch hätte ich nie gedacht, dass mir mal ein Tier so an Herz wachsen würde wie unser Arthur. Egal ob wir zu Hause oder unterwegs sind, Arthur ist immer eine Freude. Es gibt natürlich auch den ein oder anderen Augenblick, in dem er mal kurzfristig nervt, man einfach mal seine Ruhe haben möchte und einem das Gassigehen oder Ähnliches einfach mal zu viel wird. Aber auch dann rufen wir uns ins Gedächtnis, dass Arthur all diese Dinge nicht tut oder einfordert, um uns zu ärgern oder uns das Leben mit Absicht schwer zu machen.

Seine Eigenarten, seine Dickköpfigkeit, sein hypnotischer, aber eben auch treuer und liebevoller Blick, seine Kuschelbedürftigkeit und sein großes Herz, eben alle seine Eigenschaften mit den dazugehörigen Ecken und Kanten machen ihn eben in seiner Gesamtheit so liebenswert.

Wir würden Arthur gegen keinen anderen Hund auf der Welt eintauschen. Ich nehme mal an, da geht es jedem Hundebesitzer mit seinem vierbeinigen Begleiter ähnlich.

Für jeden ist seine Fellnase sicherlich die Beste und auch der einzig mögliche Hund auf der großen weiten Welt. Das ist ganz normal und auch völlig richtig so. Hund und Herrchen oder Frauchen sollten eine Einheit bilden, gut zusammen harmonieren und somit ein untrennbares Team sein.

Jeder hat sicherlich seine persönlichen Vorlieben was das Aussehen, den Charakter, die Größe und die Eigenschaften seines Hundes betrifft. Eines sollte aber alle Hundebesitzer verbinden; ihre Liebe zu ihrem tierischen Begleiter.

Ich bin natürlich nicht so blauäugig, um zu denken, dass jeder Hund weltweit ein schönes und sicheres Leben führt. Mir ist klar, dass nicht alle Hunde wirklich gut behandelt werden und so mancher sicherlich sein ganzes Leben viel Leid und auch Schmerz ertragen muss.

Daher ist es meiner Meinung nach umso wichtiger, dass wir, die sich bewusst und freiwillig für einen solchen tierischen Begleiter entscheiden, uns im Klaren darüber sind, welche Verantwortung wir übernehmen.

Diese Verantwortung endet dann eben auch nicht vor dem nächsten Urlaub oder wenn man mal gerade keine Lust hat die nötigen Aufgaben zu bewältigen oder auch die nötige Zeit aufzubringen.

Sie beginnt mit der Entscheidung für einen kleinen oder auch großen tierischen Begleiter und endet, so bitter das auch sein mag, mit dem unweigerlichen Gang über die Regenbogenbrücke.

Alles, was dazwischen liegt, obliegt unserer Verantwortung. Egal ob es Höhen, Tiefen, freudige oder problematische Ereignisse sind. Wer sich für ein Leben mit Hund oder auch einem anderen Haustier entscheidet, sollte sich darüber im Klaren sein.

Es bedeutet Verantwortung, Kosten, Problemlösungsstrategien, aber auch Liebe, Freude, Zusammenhalt und noch so vieles mehr.

Wir haben die Entscheidung, König Arthur in unser Leben zu lassen, nie bereut. Ich habe jedoch schon vor dem Tag Angst, an dem er seine letzte Reise antreten wird.

Danke Arthur, dass Du mich ein nicht unwesentliches Stück auf meinem Lebensweg begleitest und natürlich auch dafür, dass ich an deinem Leben teilhaben darf!

Arthur und ich wünschen Euch und Euren Fellnasen ebenfalls noch eine lange, gemeinsame und vor allem von freudigen Ereignissen bestimmte Zeit.

Vielleicht treffen wir uns mal beim Gassigehen.

Bis dann.